夕陽とやすみのコーコーセーラジオ！

第93回　～夕陽とやすみと『大切なお知らせ』～
第95回　～夕陽とやすみと古参勢～
第96回　～夕陽とやすみの卒業イベント～
第97回　～夕陽とやすみと感想のおたより～
第98回　～夕陽とやすみのコーナーの思い出～
第100回　～夕陽とやすみの100回突破記念！～
第108回　～夕陽とやすみと制服と～

夕陽センパイ結衣こうはい

第20回　～夕陽と結衣と祝・20回！～

マオウノユウタイ・ラジオ

第5回　～乙女とや　　　　　の人気～

のウラオモテ

「やすみちゃん、上手くなったよねえ……」

隣に座った乙女にしみじみと言われ、由美子はきょとんとする。

「え、そう？」

突然の賛辞に上手く反応できず、乙女の顔をまじまじと見返した。

今はアフレコ中。

テストと本番の合間で、由美子たち声優は音響監督の指示を待っていた。

調整室では監督たちが声優の演技について、様々な意見を交わしているようだ。話し合っている様子はガラス越しに見えるが、ブースにまでは声は届かない。

この時間、声優は待機することになる。

手持ち無沙汰の声優たちは、ブース内でおしゃべりに花を咲かせていた。

幸い、今日は収録の参加人数が少なく、主役である乙女の隣の席が空いていた。

ありがたく隣に陣取り、彼女と話し込もうとしていたのだが……。

突然、先ほどの褒め言葉が飛んできたわけだ。

乙女は普段のように明るく言うわけでもなく、むしろ複雑そうな顔をしていた。

そのせいで、由美子もどう反応していいかわからなくなる。

乙女はじぃ～……、っと由美子を見ながら、ぽつりぽつりと感想を続けた。

「うん……。なんて言うのかな、すごく馴染んでる。物凄く自然なのに、存在感があるっていうか……。やすみちゃん、前はこういう悪役ってあんまりなかったよね？」

「あー、うん。そだね。去年の末くらいかなあ、こういう役も受ける、って話になってさ。確かに加賀崎さんも、あたしは『敵役のほうが合ってる』って言ってたかも」

忘れもしない、『幻影機兵ファントム』のオーディションオファーがあったときだ。

歌種やすみは事務所の方針に合わせて、アイドル声優らしいヒロイン役を受けることがほとんどだった。

それがあのオファーをきっかけに、社長から『もういいよ』とOKサインが出て、加賀崎はそこからいくつも悪役、敵役のオーディションを持ってくるようになった。

以前はやったことのないキャラクターを、何人か演じている。

「ファントムのシラユリとか、まさに敵役だったし……。マショナさんのシールも乱暴な口調だったしね。あたしも口悪いし、そういうほうが合ってるのかも」

冗談まじりで、わはは、と笑ってみる。

乙女はつられて笑うことなく、むう、と唇を引き結んだ。

真面目な表情で、ゆっくりと言葉を並べる。

「わたしは逆に、そういう役があんまり合わないから……。後輩がしっかり自分の演技を確立しているのを見ると、嬉しい気持ちと同時に焦るんだよね……」

「えぇ？　いや、どの口が言ってんの。主役なのにさ」

思いも寄らぬことを言われ、由美子のほうが呆れてしまう。

正統派の演技で、この作品の主役を勝ち取っているのが乙女なのに。

『ティアラ☆スターズライブ〝オリオン〟VS〝アルフェッカ〟』が行われる際も、乙女は
「絶対に負けないからね！」と宣言していたが、ここ最近の乙女は闘争心が強い。

乙女が言うには、「新しい目標に向けて頑張っているから」とのことらしいけど。

由美子からすると、いくつも主人公を務める乙女が羨ましくて仕方ないのに。

乙女は自分の話が響いていないと感じたのか、さらに言葉を重ねた。

「とにかくね、やすみちゃんの演技は前より磨かれてる。上手くなってるよ。今の演技には深みがあって、惹き付けられるってわたしは思うな」

「私もそう思いますよ」

ブースの扉が開き、そこから音響監督が顔を出した。

杉下音響監督だ。

仕事をいっしょにやるのは、ファントム以来だった。

音響監督は調整室での意見をまとめ、声優たちに演技のディレクションを行う。

そのために、杉下がブース内にやってくるのも見慣れた光景だった。

杉下は、乙女たちの前で足を止める。

「歌種さんの演技はとても存在感があって、作品のいいアクセントになっています。あれから、

ひと皮剝けましたね。もっと自信を持っていいと思いますよ」

「あ、ありがとう、ございます……?」

なんだなんだ、今日はそういう日なのか。

褒められて悪い気はしないけど、戸惑いはする。

そこで杉下はほかの声優たちに向き直ったので、この話はこれでおしまいだった。

褒められて困っていたくせに、なくなると「もう終わり?」となるのだから勝手なものだ。

杉下がひとつひとつディレクションをしていき、声優たちが台本に指示を書き込んでいく。

その中に、由美子も入っていた。

「歌種さん。今の演技をもっと強調してください。あなたは自分勝手な悪役です。自分本位な演技をお願いします。歌種さんは一歩引く癖があるので、三歩前に出るくらいで」

「わ、わかりました」

自分ではやりすぎだと思ったくらいだが、もっと強調しろと言われてしまった。

素早くメモをし、頭の中でイメージする。

キャラの姿を思い浮かべ、声を想像し、何度も反芻しているうちに本番になった。

該当のセリフが迫ってきたので、由美子はマイクの前に立つ。

ふっと力を抜き、己の演技をマイクに吹き込んだ。

「そういうときが、いっちばん気持ちいいんだってぇ。こいつは辛い、あたしは辛くない。こいつが泣いて苦しんでるのに、あたしはそれを見て気分がいい。あぁ～……、これこそが生の本質よねェ……、生きてる感じがするぅ～……。ねェ、アンタもそう思うでしょぉ……？」

へらへらした冷たい口調から、徐々に声色がとろんとしてくる。

最後は恍惚とした表情を想像しながら、うっとりと声を置いていくように。

するりとキャラが入ってくる感じがして、自分でも気持ちよくなってしまう。

熱い息遣いがぽわぽわ浮かび、喉の奥から掠れ声が出せて、自分としても満足の出来。

……確かに、しっくり来たかも？

やっぱ、悪役が合ってんのかなぁ。

リテイクが出ることもなく、一発ＯＫだった。

再び待ちの時間になって席に着くと、乙女が渋い顔をしている。

「どうしたの、姉さん」

「んん～……、や、存在感あるなぁって。わたしも頑張らないと、喰われちゃいそうで……。んん～、キャラも強いんだよねぇ……。どうしたものかな……」

乙女はむむむ、と唇を結んで、ぶつぶつと言っている。

また大袈裟な。

まぁでも、ズルいキャラではあった。主張が過ぎる悪役は、主役泣かせだよな、と思う。

ずっと眩しい主人公よりも、短く輝く悪役のほうが目立つ、というだけの話ではあるが。

乙女はしばらく唸っていたが、ぽつりと呟いた。

「……このアニメ、人気が出るといいよね」

「ん？　そだね。出てほしいよねぇ。こればっかりは、放送までわかんないけど……」

自分の出演作だ、人気は出てほしいに決まっている。

けれどこの作品は、そこまで注目されているわけではなさそうだった。

とても面白い作品だとは思うけれど……、関係者なので冷静な目で見られない。

人気が出てほしいな、と願うものの、全力で演技をする以外にできることもなかった。

まぁ結果がわかるのは数ヶ月後だし。

今はとにかく、現状でできる精いっぱいの演技をするだけ。

そんなことをぼんやり考えていたので、乙女が囁いた声は耳に入らなかった。

「うん……。やすみちゃんのこの演技を、みんなにも聴いてもらいたいな……」

——これが、数ヶ月前の話。

千佳や加賀崎のように、歌種やすみを評価する関係者は以前からいた。

『幻影機兵ファントム』では森や大野を認めさせ、あのシラユリの演技で一部を騒がせた。

千佳と出会っておよそ二年の間に、由美子はより演技の世界を広げている。

そんな歌種やすみが積み重ねてきた努力の成果が——。

ようやく、花開こうとしていた。

NOW ON AIR!! 第93回

「夕陽と」

「やすみのー」

「「コーコーセーラジオー」」

「おはようございます、夕暮夕陽です」

「おはようございまーす、歌種やすみです」

「この番組は偶然にも同じ高校、同じクラスのわたしたちふたりが、皆さまに教室の空気をお届けするラジオ番組です」

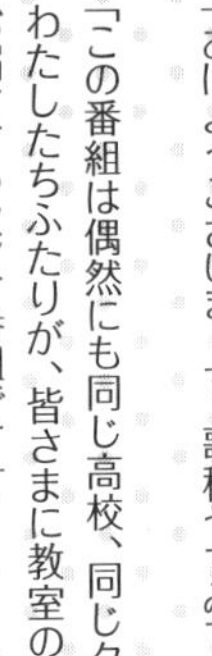
「はい、今回も始めていきますけども。えーっとね、前回の『大切なお知らせ』の反響がいっぱい来てるみたい。先にその話をしていこうかなと」

「突然のご報告だったしね。そうなるのも当然なんじゃない」

「そうねー。ある意味、今までで一番おっきな出来事だしね。番組の最後にまた告知するけど、次の改編期……、四月ね。この番組は三月末で、一旦区切りってことになりました」

「ちょうどいいんじゃないかしら。わたしたちも、高校を卒業しちゃうし」

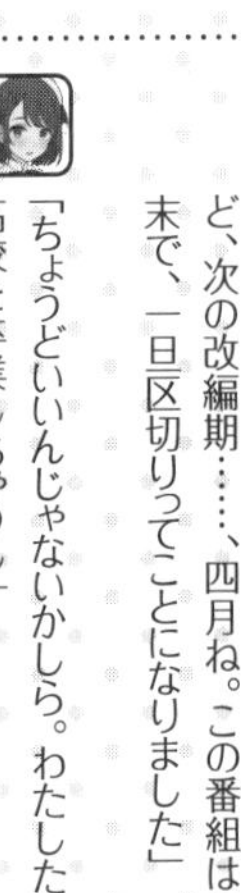
「もうコーコーセーじゃなくなるしね。あ、メールもたくさん来ているみたいだから、一通読もうか。えー、ラジオネーム、〝西日とサッカーボール〟さんから頂きました。『夕姫、やすやす、おはようございます』」

「おはようございます」

「『突然のお知らせに大変驚きました。いつも放送日の翌朝、登校するときに聴いてい

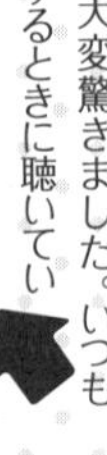

たのですが、そのサイクルが変わることになりそうです』」

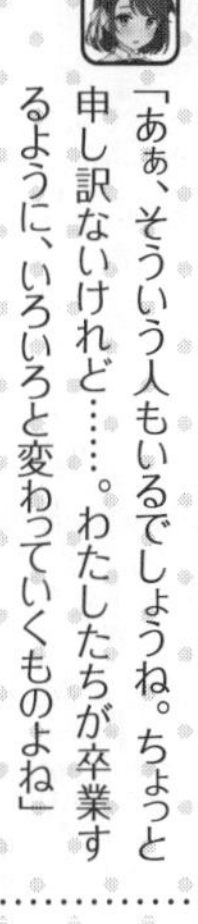

「あぁ、そういう人もいるでしょうね。ちょっと申し訳ないけれど……。わたしたちが卒業するように、いろいろと変わっていくものよね」

「ま、結構長いことやってたしね。『この機会にお聞きしたいのですが、おふたりは番組の中で、思い出に残ったことってありますか？』……、だって。いかがですか、夕暮さん」

「ないです。以上です」

「右に同じです。現場からは以上です。……なに朝加ちゃん。何かないのって、言われても」

「虚無よ虚無。虚無ラジオよ。得るものがないのがこのラジオよ。わたしたちからエピソードなんて出てこないわ」

「そーね。あたしらの記憶に残るようなことは何も……。あ、そういうことなら、リスナーにラジオの思い出語ってもらう？　メール募集してさ」

「いいわね。三月末まで、そうした思い出メールを読んで振り返ってみる？　リスナー頼りで申し訳ないけど」

「ま、こういうのって本人たちより聴いてる人のほうが覚えてるもんだしね。と、いうわけで、みんなは思い出に残ってることをメールで送ってみてね――」

to be continued……

オッケーです、という声が聞こえたので、由美子はイヤホンを外した。

ふぅ、と一息。

『夕陽とやすみのコーコーセーラジオ！』第93回の収録が終わり、佐藤由美子は軽く首を回した。ハートのイヤリングが、ちゃらりと音を鳴らす。

お正月の空気もすっかりなくなった、一月の後半。

冬休みは私服で収録していたが、今はいつもどおり制服姿でマイクの前に座っていた。

キャラメル色のカーディガンにゆるく着けたリボン、真冬でも短いスカート。

アクセサリーやメイクもバッチリなギャル、佐藤由美子は、声優・歌種やすみとして先ほどまでラジオの収録を行っていた。

それが無事に終わったので、隣の女性に目をやる。

引っ掛かっていた疑問を彼女にぶつけた。

「ねぇ、朝加ちゃん。次の改編期までって話だけどさ。三月末まではやるんでしょ？　今一月なのに、こんなに早くお知らせする必要ってあるの？」

由美子は台本を持ち上げて、該当のページを開く。

番組でも宣言したとおり、この番組は三月末で区切りを迎える。

オープニングではさらっと触れ、終盤の告知では丁寧に説明が行われた。

採用されたメールは、先週の反応を受けたものばかり。

でも、三月末までは丸々二ヶ月以上ある。

あまりにも早いお知らせなので、なんとなく空気も変な感じだった。

朝加は小さく肩を竦めて、微笑みながら答えた。

「告知は早いに越したことはないよ。前回もお知らせで話題になってたでしょ？　それで最近聴いてなかった人が、戻ってくることもあるしさ。不祥事で番組を畳むってわけじゃないんだし、土壇場でやる意味のほうがむしろないんだよ」

「ふうん。そういうものなんだ」

朝加のテキパキとした説明を聞いて、由美子は納得する。

放送作家・朝加美玲。

部屋着で来たんじゃないか、と思えるスウェット姿で、前髪をゴムで括っただけのヘアスタイル。丸出しのおでこには、冷えピタが貼ってある。ノーメイクに、濃いクマも普段どおり。

見た目はあまりに頼りない彼女だが、放送作家としての経験は確かだ。

その言葉にも説得力があった。

由美子も、別に反対したいわけじゃない。

ただ、ある出来事が近付いてくるうえに、番組でもこんな空気が続くとなると。

寂しくなりそうだなあ、と思ってしまっただけ。

ごくごく個人的な理由である。

その感情を読み取ったわけではないだろうが、朝加はさらりとそれに言及する。

「今日の収録でもふたりが言ってたけどさ。区切りとしては、ちょうどよかったんじゃない？　もう少しでふたりは卒業、高校生じゃなくなる。初期の頃に言ってたよね。『この番組、卒業したらどうなるの？』みたいなこと」

「あの頃は、ここまで番組が続くとは思ってなかったですけどね」

卓上を片付けながら発言したのは、千佳だ。

渡辺千佳。

芸名、夕暮夕陽。

この番組の相方パーソナリティであり、偶然にも学校のクラスまで同じの声優。

彼女も冬休みは私服を着ていたが、今は制服姿だ。由美子と違って一切着崩していない。

ボタンもしっかりと留め、ネクタイもきゅっと締められていた。

長い前髪のせいでほとんど見えないが、髪の奥には鋭い目つきと、はっとするほどの美貌を秘めている。

彼女は何の余韻も見せず、さっと立ち上がった。

「わたしたちにしては、ここまで続いたのはむしろ出来すぎだと思いますよ。それでは、お疲れ様でした」

ぺこりと頭を下げて、千佳はブースから出て行ってしまう。

彼女のドライな態度は、番組当初から変わっていない。

千佳は高校の卒業式でも、寂しそうな顔ひとつ見せず、いつもどおり帰るのだろう。

……それはこの番組が終わるときも、そうなのだろうか？

だとしたら嫌だなあ、と心の片隅で思う。

そんなことを考えると落ち込みそうだったので、由美子は目の前の感傷を拾い上げた。

「……あっという間だったなあ」

しみじみと言ってしまったのは、いろんなことが重なったからだ。

自分たちは、高校三年生。

今は年を跨ぎ、一月も終わろうとしている。

番組でも言ったように、ほんの一ヶ月ちょっとで自分たちは高校生じゃなくなる。

それが、途方のない寂しさを運んできていた。

あっという間だった、とつい思い返してしまうくらいに。

「これからいろんなことが、どんどんあっという間になるよ。大人の一年は、早いよ～」

「嫌なこと言うなぁ……」

朝加が頬杖を突きながら、何とも不吉なことを言う。

由美子が辟易していると、彼女はさらにこう続けた。

「だから、忘れ物しないように。後悔のないようにね」

「……………」

それって何のこと？　ととぼける気にはなれない。

いやむしろ、心当たりが多すぎて、どれについてなのかわからないくらいだ。

仕方なく黙り込んでいると、朝加が「あっ」と小さく声を漏らした。

ゴムで括った髪を揺らしながら、前のめりになる。

「そういえば、やすみちゃん。アレ観たよ、面白かった。物凄く評判になってるよね。すごく盛り上がってて、びっくりしたよ～。いやぁ、よかったねぇ」

朝加はやわらかい笑みを浮かべて、本当に嬉しそうに言ってくれた。

彼女とは付き合いが長いし、深い。

由美子の仕事のない時期を知っているだけに、心から喜んでくれているのを感じる。

それはここ数週間、何度か掛けられた言葉だった。

あぁやっぱり本物なんだなあ、という思いと、どこかそれを他人事のように聞いている自分がいた。

「そうだねぇ……。よかった、んだけどねぇ……」

由美子の煮え切らない態度に、朝加は目をぱちくりさせる。

「え、なにその反応。やすみちゃん、嬉しくないの？」

「や、嬉しいよ。すっごく嬉しい。だけどさぁ、正直実感が湧かないんだよね……」

腕組みをして、難しい顔でうーん、と答える。

大して交流のない人なら、「ありがとうございます」と笑って流すところだが、朝加なら正直に言っても構わないだろう。

「実感って？　やすみちゃん、もしかしてオンエア観てないとか？」

朝加はきょとんとした顔で、冷えピタを指でなぞった。

「いんや、観てるよ。SNSの実況も追いかけてるし。すごいなあ、と思いながら観てるんだけど……。あたしはラッキーだっただけ、って感じでさ。この仕事は運も大事だけど、そのおっきな幸運が自分に降ってきたことが信じらんないんだよね……」

だから実感が湧かない、と続ける。

偽りのない本心だったが、朝加は苦笑いを浮かべた。

「そんなことないと思うけど……。実力がなくちゃ、オーディションには受からないでしょ？実際、演技だってよかったし。それとも、そこもラッキーだったの？」

「そこまでは言わないよ。オーディションもアフレコも全力でやったし、受かったときはすっごく嬉しかった。でもさぁ、さすがに報酬がでかすぎるんだって。怖いよ。急に」

ふるふると首を振る。

朝加はしばらく考え込んだあと、ゆっくりと「確かに……」と同意した。

「まぁ、かなりの幸運ではあるもんね……。ラッキーすぎて何だか信じられない、怖い、っていうのは正直わかるかも。わたしも流れで引き受けた、大して期待されてない番組がヒットすると、同じような気持ちになるし」

「でしょ～？　あたしだって、素直に喜びたいよ？　嬉しいし。でも、嬉しい以上に複雑なんだよね～……」

由美子はだら～っと、机の上に突っ伏す。

仕事のない声優に聞かれたら、張り倒されそうな悩みだ。

でも、そんな彼女たちも同じ幸運に見舞われたら、絶対目がぐるぐるになる。

由美子は本来、そっち側の人間なのだから。

浮かない顔をしている由美子を、朝加は「難儀な子だねぇ」と静かに笑っていた。

翌朝。

ますます冷え込んできた空気を吸って、由美子はぶるりと震える。

身を縮ませながら、通学路を歩いていた。

「はあ……」

何百回と歩いてきた道のりだが、この通学路を使う回数はあと数回もない。

その寂しさが白い息となって、空に昇っていく。

それを振り切って教室に入ると、いきなり声が飛びかかってきた。

「由美子〜！　聞いたよ……!?　由美子と渡辺ちゃんの番組、終わっちゃうんだって……!?」

声とともに抱き着かんばかりの勢いを見せたのは、親友の川岸若菜だ。

真冬の朝だというのに、元気いっぱい。

由美子の肩に手を置いて、目を白黒させている。

動揺している若菜相手に、由美子は顔を顰めてしまう。

「なに、若菜。番組聴いたの？」

若菜は、継続的にコーコーセーラジオを聴いているわけではない。

時折、気が向いたときに聴く程度のリスナーだ。

元々若菜は声優に興味はなく、歌種やすみも夕暮夕陽もたま〜に追いかけるくらい。

あくまで、『佐藤由美子』と『渡辺千佳』の友人だった。

正直、友達に声優としての姿を見られるのは恥ずかしいので、若菜のスタンスはありがたいのだが……、こういうときには困ってしまう。

若菜はもどかしさを表現するように、手をわたわたと動かした。

「今朝、SNS見てたら、『コーコーセーラジオ終わるの!?』って言われてたから！　慌てて、配信されてるやつ聴いたの！　まだ途中までしか聴いてないけど、もうわたし、電車内で声出しそうになってさぁ！　由美子、番組終わっちゃって大丈夫なの……!?」

白熱している若菜が、勢いよくスマホを持ち上げた。

その場面を見せようとしているのか、スマホをふんふんとイジり始める。

彼女の不安は、どうせ由美子と千佳の関係のことだ。

余計な心配をされていることに、由美子はため息を吐いた。

「あのねぇ、若菜。言っとくけど――」

親友に説明しようとしたところで、トントン、と控えめに肩を叩かれる。

振り返ると、そこにはクラスの委員長が立っていた。三つ編み眼鏡の、いつもの彼女だ。

演劇同好会としていっしょに稽古もした委員長だが、今日はどこか遠慮がちだった。

「ねね、由美子。ちょっと聞いていいかな……？」

「ん。どったの、委員長」

「『マオウノユウタイ』っていう作品、すごく話題になってるじゃない？　それに由美子が出てるって聞いて、気になって観ちゃってさ……。すごくよかった。由美子の演技が評価されてて、わたしまで嬉しくなっちゃって……、よかったねって言いたくて」

「あー……」

由美子は頬を掻いて、なんとなく視線を逸らす。

もしかしたら、こういう日が来るかも？　と身構えてはいた。

若菜と違い、委員長はこっそり歌種やすみを追いかけている。らしい。

それでも委員長は、『由美子は声優として学校に来ているわけではないから』と声優の話を持ち出すことを控えていたが、今回は興味が勝ったようだ。

若菜はなおもスマホをイジっていたが、その言葉に釣られたらしい。顔を上げる。

「由美子が出てるアニメが人気になったの？　すごいじゃん」

「あ、うん。なんか、今期の覇権？　候補？　なんだって。すごいよね」

「覇権……？」

アニメに詳しくない若菜が、ゆっくりと首を傾げる。

委員長もよくわかっていないようで、ふたりの目が由美子に向けられた。

覇権アニメの説明くらいなら由美子にもできるが、自分が出演している作品をそう表現するのは妙な抵抗がある。

困っていると、そこに男子の声が混ざってきた。

「は、覇権アニメというのは、そのシーズンで放送されたアニメの中で、最も評価された作品に与えられる称号。今期は、満を持してアニメ化された『ノワール』、ビッグタイトルである『虹の果てにある道』が覇権候補だったところ、やすやすが出演した『マオウノユウタイ』は放送前は注目されていなかったにもかかわらず、第一話から意外な作風で大バズリ、ダークホースとして一気に覇権候補に上り詰めて……」

眼鏡をクイクイクイ、と高速で動かす、木村だった。

彼は机に視線を落としたまま、独り言のていで早口で説明している。

若菜はそれを最後まで聞くことなく、キラキラした目で由美子を見た。

「え、由美子のアニメが一番獲ったの⁉　すご！」

「や、あたしのアニメじゃない……。大袈裟に言うのやめて、マジで……」

あまりにも大それた言い方に、由美子が慌てる羽目になる。

その様子を見て、若菜は首をひねった。

付き合いが長いだけに、由美子が困ってばかりなのが伝わったようだ。

「由美子が出てるアニメなんでしょ？　人気が出たら嬉しいんじゃないの？　由美子、あんま喜んでないけど」

「喜んではいるよ？　でもあたし、メインキャラでもないしさ。準レギュラーって感じだから、毎回出てるわけでもないし。そりゃ自分の出演作が人気出るのは嬉しいけど、覇権って言われてもどう反応していいかわかんないんだよね……」

「そういうもん？」

「そういうもん」

由美子は深く頷く。

それで若菜はすんなり納得したようだ。

彼女のことだから、これからはこの話題に触れないようにしてくれそう。

だが委員長は静かに興奮しているようで、さらに言葉を並べていった。

「でも、すごいよ由美子。準レギュラーでも、出番は結構多かったよ。すごく存在感があったし。なにより由美子の演技が評判になってるんだから、胸を張っていいと思うけどな」

「いや、まぁ……、うーん、そう、かも、なんだけど、さぁ……」

由美子は目を逸らして、髪を撫でる。

そこまで手放しで褒められても、由美子の態度はどうしても煮え切らなかった。

これは、途方もない幸運だからだ。

自分の出演作が話題になって、しかも覇権とまで言われるなんて。

委員長は演技を認めてくれた。

けれど前提として、話題にならなければここまで評価されない。

幸運だったから、由美子は演技をたくさんの人に観てもらえている。

そこから生まれた引っ掛かりのせいで、戸惑いばかりが強くなっていく。

それを説明するわけにもいかずに黙っていると、若菜が声を上げた。

「あ、渡辺ちゃんだ」

近くを千佳が通りすぎる。

いつの間にか登校してきたようで、彼女は無言で机の間を通り抜けていった。

そして一瞬、千佳がちらりとこっちを見る。

「……！」

揺れる前髪の間から覗いた瞳、その鋭さに胸がぎゅうっとなった。

瞳の奥にある光が強くなり、炎のようにゆらりと閃く。

彼女と目が合った瞬間、こちらの身体が痺れるほどの眼光だった。

なぜ、そんな目を向けるのか。

その理由は明白だ。

少なくとも、由美子にはわかる。わかってしまう。

「…………………」

若菜たちの声が大きかったせいで、先ほどの会話が千佳の耳にも入ってしまったのだ。

逆の立場だったら、由美子だってつい睨んだかもしれない。

だって。

ライバルが覇権アニメに出演した、なんて話を大声でされていたら。

すごく評価されてるよ、なんて聞こえてきたら。

冷静でいられるはずがない。

由美子は運がよかっただけと思っているし、若菜たちが大袈裟に騒いでいるだけ、というのは千佳もおそらく気付いている。

でも、理屈じゃないのだ。

とめどなく溢れる激情にかき乱され、無意識のうちに身体が反応してしまう。

由美子だって覚えがあるし、何度も理性を保てなくなった。

そんな視線を、千佳が由美子に向けている。

その事実に、強い昂揚感を抱いてしまった。

「あ、そだ。ねぇ、由美子。もうすぐ学校来なくてよくなるじゃん？」

若菜がパっと思い付いたように、話題を変える。

由美子は慌てて千佳への想いを打ち消し、彼女に向き直った。

「自由登校になるもんね。それがどうかした？」

「うん。最後の登校日にさ、みんなでぱあーっと遊びに行かない？　打ち上げっていうかさ。まだ受験は終わってないけど……、たぶんもう、普通に登校することってないだろうし」

その提案に、委員長が反応する。

「あ、いいね。卒業式までもう学校には来ないし……、あ、合格の報告はするんだっけ？　でも、それもバラバラになりそうだし……。ゆっくりみんなに会える、最後の日になるよね」

彼女たちの何気ない口調でも、強烈に実感してしまう。

由美子はつい、教室を見回してしまった。

当たり前みたいに、毎日学校に来るクラスメイトたち。

朝のホームルーム前の騒がしさ。

忘れ物をしても、話し忘れたことがあっても、「まぁ明日でいっか」と今までは気楽に流せていた。

だけどもう、ここに来る回数は多くはない。

由美子は、席に着いてスマホをイジっている千佳を見やる。

彼女の制服姿を見ることも、こうして同じ教室にいることも、なくなってしまう。

これから先、もう二度と。

たったの、あと数日で。

「ん？　どしたん、由美子」

由美子が思いを馳せていると、若菜に肩をつかれた。

自分だけがこの気持ちを抱えているのが嫌で、若菜たちにも無理やり引き渡す。

「や。卒業を意識しちゃってさ。いよいよ高校生も終わりなんだな～……、って。そう思うと、寂しくなってきちゃって」

その言葉に、若菜も委員長も眉を下げる。

若菜は大袈裟に腕を振るって、由美子の肩を力なく叩いた。

「言うなよ～。しんみりしちゃうじゃんかよ～。わたし、卒業式めっちゃ泣いちゃうよ～。絶対ブスになる～」

「わたしも……。あぁでも、若菜と由美子はまだいいじゃない。同じ大学なんでしょ？」

「ん。まぁね。ちゃんとふたりとも合格できたら、の話だけど」

「不吉なことを言うんじゃないよ」

洒落にならない軽口に、由美子は顔を顰める。

まぁそれが軽口になるくらい、由美子と若菜はともに問題はなさそうだった。

以前受けた共通テストも、自己採点は思った以上に良い。

委員長の言うように、同じ大学に若菜といっしょに進学できるのは嬉しかった。

「あとほかに……」

若菜が顎に指を当てて、何かを言いかける。

中途半端に言葉を止めたので　なに？　と問いかけると、若菜は千佳のほうを見た。

「や、打ち上げに渡辺ちゃんもいっしょに行けたらな～、って。声掛けたいなぁ、って。ね、由美子。ねね、由美子。ねぇ由美子？」

「人の名前を連呼するんじゃありません」

薄々わかっていたことだが、またしてもこの流れになった。

若菜が千佳を誘いたがるのはいつものことだが、今回は委員長までも「あ、いいじゃない。わたしも渡辺さんといっしょに行きたい」と便乗する。

文化祭の劇を観てからというもの、みんな千佳に構いたがっていた。

あんな無愛想で気性の荒い猫に、なんでみんな惹かれるんだか……。

由美子は嘆息しながら、ジトっとした目をふたりに向ける。

「誘いたかったら、誘えばいいじゃん。若菜でも、委員長でも。あたしは別に、渡辺なんかと行きたくないし。あたしを巻き込まないでよ」

意味がないと悟りつつも、一応抵抗を試みる。

彼女たちは当然のように、「渡辺ちゃんは由美子の担当じゃん」「由美子の言うことじゃないと、渡辺さんは聞いてくれないでしょ」と続けた。

なぜだか、みんな由美子を窓口にしたがる。

あたしはあいつの保護者じゃないぞ。

そうは思いつつも、あの猫がほかの子にケガをさせたら後味が悪いのもまた事実。

どうせ彼女たちは自分で行くつもりはないので、仕方なく由美子は千佳の席に向かった。

「渡辺」

声を掛けると、千佳はスマホから顔を上げる。

「なに」

相変わらず目つきが悪く、こちらを睨むようにしていた。

思えば千佳と、こうして気軽に話せるのもあと数日だけだ。

何か用があれば、明日学校で聞けばいいや。

そんなふうに関係を軽視できたのも、この環境があったから。

　そう意識すると、急激に落ち着かなくなった。

　結局、千佳がどの大学に進学するのかは知らない。どこに住むのかもわからない。

　これから先、声優として会うことはあれど、佐藤由美子と渡辺千佳として接することはなくなる。

　そのうえ、コーコーセーラジオまでなくなってしまったら。

　本当にふたりの関係は、ぷつりと途切れてしまうかもしれない。

　以前、めくるにも心配されたことだ。

　環境が変われば、関係なんてすぐに切れるものだ、と。

「……佐藤？　人に話し掛けておいて、何をぼうっとしているの。それとも、さっきのは大きな独り言？　これ見よがしに独り言を言って、周りに心配してアピールする例のやつ？　そういうのは仲間内でやっててくれない？」

　由美子がしんみりしていると、次から次へと減らず口が飛んでくる。

　こいつ……。

　由美子はげんなりしながら、答えた。

「独り言ならむしろあんたの管轄じゃん。普段あまり人と話さないから、話し方を忘れないよう独り言で喉を温めてるんでしょ。喉を大切にできるんだから、あんた声優に向いてるよ」

「出たわ。あなたのそういうところ、本当に嫌い。言っておくけれど――、ってなに。その顔

「……。新技？　口喧嘩で表情も使うようになったの？」

千佳が怪訝そうな顔で、こちらをじっと見てくる。

こんなふうに、千佳の暴言を教室で聞くこともなくなるんだな、と思ったら、寂しくなっちやっただけだ。

それを新技扱いしやがって。

でも千佳に、人の心の機微を察しろ、とは思わない。イカに陸上競技ができないように、人には得手不得手がある。

なので、さっさと本題に入った。

「もうそろそろ、最後の登校日でしょ？　その日にみんなで遊びに行こう、って話になってんの。で、ほかの子は渡辺にも来てほしいんだってさ。あんたも来ない？」

「遠慮しておくわ」

ばっさりと、切り捨てるように言う。

断ること自体は、さほど意外でもない。

元々、彼女はこういった集まりには理由なく参加しない。

だろうな、と思うと同時に、違和感が芽生えた。

「……最後なんだしさ。行ってもいいんじゃない？　せっかくなんだし」

「行かないと言っているでしょう。しつこいわよ」

確証を得たくて、由美子は食い下がる。答えは当然のようにノーだった。

違和感を覚えたのは、その目だ。

由美子の奥を射貫くように、ほとんど睨みつけていた。

この二年間で千佳は少しずつ丸くなっていたし、断るにしても言い方は加減していた。

それがまるきり取り払われたような、つまらなそうな声。

有体に言えば、彼女は――、ピリピリしていた。

「用はそれだけ？　なら、さっさとどいて頂戴。そこにいられたら、邪魔だわ」

険のある声を浴びても、由美子は腹が立たなかった。

彼女がこんな態度を取る理由に、心当たりがあったから。

先ほどの、覇権アニメについての会話のせいだ。

由美子はつい、千佳に伝えたくなってしまう。

ねぇ、渡辺。あたしが出てる作品が、今期の覇権になるかもしれないんだよ。注目されてるんだって。あんたはどう思う？

彼女にそう言えば、千佳は闘志剝き出しの瞳で睨んでくるに違いない。

そこには確信があった。

その事実が、胸を高鳴らせる。血の巡りが速くなる。

当然彼女に伝えることはなく、由美子は言われたとおりに踵を返した。

若菜たちの元に戻って、肩を竦めてみせる。

「行かないってさ。誤解してるかもしんないけど、あいつは基本、付き合い悪いよ」

「そっかぁ。残念だなあ。渡辺さんとも、もう会えなくなっちゃうのに」

委員長は残念そうに、千佳のほうを見ている。

千佳は既にスマホに目を落としていて、無関心を貫いていた。

「……ん？　どしたの、若菜。言っとくけど、ちゃんと誘ったからね？」

若菜が何か言いたげにこちらを見ていたので、言い訳めいた言葉をこぼす。

若菜はぱかりと口を開けたが、そのまま閉じた。

そっと視線を外し、不安そうな目を千佳に向ける。

「うん、わかってるよ。わかってるけど、さ」

若菜が何を言いたいのか、付き合いの長い由美子にもよくわからなかった。


放課後になると、由美子は普段とは別の電車に乗り込んだ。

今日は久しぶりに、事務所に寄る予定になっていた。

加賀崎と会うのも久々なので、意気揚々と事務所に入っていく――、ところで。

見覚えのある先輩とばったり出会った。

「あ、工藤さん。おはようございます。お久しぶりです」

「ん？　あ、やすみちゃん。おはよう～」

ほわほわと笑っているのは、同じチョコブラウニー所属の先輩だ。

芸歴は十年目に差し掛かり、着実にキャリアを積み重ねている女性声優。

彼女はバッグを大事そうに抱えて、やけに頬を緩ませている。

元々親しみやすい雰囲気の女性ではあるのだが、今日は輪をかけて緩いように見えた。

「工藤さん、何かいいことでもあったんですか？」

「ん？　んふふ。そうなの。これ、内緒だよ？　さっきね、オーディション合格の話をもらって。それがね……、『死屍ルイルイ』のヒロイン役で――」

「え⁉　あれ受かったんですか⁉　うわぁ、おめでとうございます！」

「ありがと～」

由美子の驚いた声に、工藤は嬉しそうに頬に手を当てた。

『死屍ルイルイ』とは、少年誌に掲載されているダークな雰囲気のバトル漫画だ。

アニメ化前に発行部数一千万部を超えた超大人気漫画で、大手の制作会社がテレビアニメ制作を引き受けた。

ほとんど成功を約束された、いわゆる覇権アニメ候補だった。

そんな作品のヒロイン役となれば、工藤の頬がここまで緩むのも納得だ。

「マネージャーさんにわざわざ呼び出されたから、なにかな〜、と思って来たんだけど。おめでとうございます！　って拍手してくれて。まさか、受かるとは思ってなかったから……」

うふふ、うふふ、と本当に幸せそうに工藤は笑う。

しばらく幸せのおすそ分けをもらうような立ち話を続けたあと、「頑張るね！」と気合を入れた工藤と別れた。

その背中を見送ると、強い自信がみなぎっているのが見て取れる。

「……いやあ。すごいなぁ……」

ひとりになって、思わず声が出た。

大注目の作品なので多くの人がアニメを観るだろうし、その視聴者の分だけ彼女の演技が聴かれることになる。

その評価次第で、彼女の飛躍の年になるかもしれない。

とても大きなチャンスをモノにしていた。

そこに至るまで大変な努力をしただろうし、これからアフレコでも同じように努力を重ねる。

踏ん張りどころではあるが、頑張る見返りは十分にあった。

彼女があれほど喜び、気合を入れているのは当然だ。

「……本来の道は、こっちなんだよなぁ」

由美子はぽりぽりと頭を掻いたあと、改めて事務所に入っていく。

事務所内は普段どおり、忙しそうだ。

辺りを見回していると、デスクにいた加賀崎と目が合った。「そこ入ってて」と会議室に行くよう指で指示される。

言われたとおり会議室で待っていると、加賀崎は両手にコーヒーを持ってやってきた。

いつものようにパリッとしたブラウスに上等なジャケット、スリムパンツを穿いている。

薄めのメイクにシンプルに括られた黒髪が綺麗で、目を惹いた。

相変わらず、シャキッとした仕事のできる女性！　といった風貌だ。

「おまたせ。それで由美子、今日は何の用なんだ？」

コーヒーカップを由美子に差し出し、加賀崎は早速本題に入ってくる。

今日、由美子は呼び出されたわけじゃない。

由美子のほうが、話がある、と言って時間を作ってもらった。

由美子はコーヒーを飲んで冷えた身体を温めてから、おそるおそる尋ねる。

「ええとね、加賀崎さん。オーディションって……、いつから再開する予定……？」

そわそわしながら、由美子は上目遣いで加賀崎を見る。

由美子は九月辺りから、受験勉強に専念するためオーディションを一切受けてこなかった。

あのときは受験のことで担任から苦言を呈されていたし、由美子自身も視野が狭くなっていた。大学受験を前にしても、明らかに気がそぞろだったのだ。

加賀崎がオーディションから由美子を遠ざけたのは、英断だったと言える。

しかし、もうすぐ二月に入るというところ。

受験勉強のゴールが見えてくると、その先がどうしても気になってしまった。

受験は佳境を迎えつつも、本番の試験はむしろこのあと。

そんな状況なので、怒られるかも～……？　と思いながらも、ついやってきてしまった。

加賀崎はカップに口を付けて、しばらく黙る。

カップをテーブルに置いてから、じっとこちらの目を見た。

「まだ試験は終わってないだろ。オーディション再開は、受験が終わってからだ」

「う、うん。それはわかってるよ？　ただ、それがいつかな、って……。合格発表のあと？　それとも、試験終わったら解禁？　あたしとしては、できれば本命の試験が終わったらすぐ取り掛かりたくて……。試験は自信あるし……。だから、準備してくれると嬉しいなって……。ほら、もう学校もないしさ」

ぼそぼそと声が小さくなるのを自覚しながら、そう伝える。

本命の試験を終えても合格するまでは受験は続くし、気を緩めずに勉強したほうがいい。それはわかっている。

でも試験はよっぽど大丈夫だという自信があるし、学校は自由登校になる。

しばらくは丸々フリーな期間ができる。

その時間を勉強だけして過ごすには、由美子は今までの我慢が積もりすぎていた。

オーディションを受けたい。

今までの遅れを取り返す意味でも、この期間を有効活用したい。

だから、加賀崎に相談しに来た。

緊張しながら加賀崎の返答を待っていると、彼女はふっと笑う。

「わかってるよ。こっちもそのつもりで準備してるから、ちゃんと受験を終わらせてこい。本命の試験が終われば、すぐにでも切り替えるつもりでな」

加賀崎の返事に、身体から力が抜ける。

「そんなこと気にしている場合か」と叱咤される可能性も考えていた。

怒られなくて、ほうっと安堵の息を吐く。

すると、加賀崎はそれを咎めるように、さらりと刺してきた。

「ま、りんごちゃんとしては、合格発表まではオーディションのことを考えてほしくなかったが。親御さんや、先生のことを思うとな。でも、本人が集中切らしてるんだから仕方ないし」

「う」

その指摘には低い声が出てしまう。反論できなかった。

共通テストを受けるまでは引き締めていたものの、それが終わり、しかも手応えがあったものだから、余計なことを考える余裕が出てしまった。

暗に「最後まで油断するなよ」と注意され、首を竦める。

加賀崎はそんな由美子を見ながら、どこか諦めたような声で続けた。

「まぁ由美子にしてはよく我慢したほうだろ。どっかで、『やっぱりオーディションを受けたい！』って癇癪起こしやしないかとヒヤヒヤしてたよ」

「そ、そんな子供じゃないし……」

「どうだか」

加賀崎は小さく首を振ってから、立ち上がる。

ちょっと待ってろ、と言い残し、会議室から出て行った。

戻ってきた加賀崎の手には、分厚いファイルが握られている。

「いいか？　見せるだけだぞ。持って帰っちゃダメだからな」

そう前置きをしてから、加賀崎はファイルの中身をテーブルに並べる。

そこにあるのは、様々な作品のオーディション資料だった。

「試験が終わったら、渡そうと思っていた資料だ。自由登校になってから、大学の入学式まで丸々空いてるわけだからな。数は用意してる。時間があるんだから、受けられるだけ受けてしまおう。でもひとつひとつ、ちゃんと丁寧に挑むんだぞ。由美子は、じっくりやって力を発揮するタイプなんだから」

「加賀崎さん……、もう用意してくれてんじゃん〜」

数々の資料は、あらかじめ由美子用にまとめられているものだ。

由美子が言うまでもなく、既に準備してくれていることに感激する。

見てもいい？　とねだると、加賀崎は、見るだけだからな、と背もたれに身体を預けた。笑みがこぼれていたが、口元をさっと手で隠している。

由美子は早速、その資料を手に取った。

読み込むのはだいぶあとになるだろうが、まずはどんな作品があるのか知りたかった。

「この感覚久しぶりだな～……。あ、『ブルーワールド』の二期やるんだ。これあたしが受けていいの？　二期のメインキャラみたいだけど」

「それはまぁ、記念受験だな。今回も人気声優とベテランで固めるだろうから、ダメ元。でも受けて損があるわけじゃないし」

加賀崎があっさり言い切ってしまうが、事実なので何とも思わない。

『ブルーワールド』は賞も獲った、人気小説のアニメ化作品だ。一期が放送されたときは、ストーリーの重厚さと華麗な作画で多くの視聴者を惹きこんでいる。

声優も大変に豪華で、そういう意味でも注目されていた。

そうなると、今の歌種やすみに手が届くような作品ではない。

しかし万が一、この作品に受かったら、由美子は工藤のように狂喜乱舞する。

物凄く気合を入れてアフレコに挑むだろうし、絶対に成功させる！　と鼻息が荒くなるのは間違いなかった。

もちろん注目されていない作品だろうが、原作が売れてなかろうが、全力でオーディションもアフレコも行う。自分の最高の演技を叩き込むのは大前提。

でも、期待や喜びの度合いで言ってしまうと、そこには差が出てしまう。

だからこそ――、由美子は実感が持てないでいた。

「あぁそうだ、由美子。『マオウノユウタイ』関連の仕事がいくつか入った。受験勉強が厳しいなら断るが……、大丈夫そうだな？　スケジュールを共有するから、見ておいてくれ」

由美子が資料の前で固まっていると、加賀崎がスマホを取り出した。

それに顔を上げて、「仕事？」とオウム返しする。

加賀崎は嬉しそうな笑みを浮かべて、スケジュール帳とスマホを見比べた。

「一挙放送に加えて、振り返り特番をやりたいんだと。急激に注目されたからな、新規の客を取りこぼさないためだろ。あとは、コラボショップの新規ボイス収録やPV、あぁイベントの開催も決まったな。放送前はラジオだけだったのに、急遽用意しているみたいだ。嬉しい悲鳴ってやつだな」

加賀崎は満足そうにスケジュール帳を見せてきた。

空白だらけだった由美子のスケジュールには、今は『マオウノユウタイ』関連の仕事が数多く記入されている。

あまり仕事がない由美子にとって、とてもありがたい状況だった。

同時に初めての経験でもあった。

加賀崎は動揺している由美子には気付かず、上機嫌に言葉を並べる。

「由美子のキャラの人気はすごいし、スケジュールも空いてるから優先的に使ってくれる。まだアニメは盛り上がるだろうし、仕事はもっと——、どうした？　嬉しくないのか」

由美子が無表情だったせいか、加賀崎がこちらの顔を覗き込んでくる。

慌てて、由美子は手を振った。

「あ、いや、嬉しいよ。めっちゃありがたいし、すごく嬉しいけど……。でも、なんていうか、実感がなくてさ……」

朝加たちに話したことを、加賀崎にも伝える。

彼女はまじまじと由美子を見たあと、スケジュール帳をテーブルに置いた。

由美子に顔を近付け、やさしく問いかけてくる。

「何か、引っ掛かることでもあるのか」

「うん……。なんていうか、これってめっちゃラッキーだと思うんだよ。あんまり注目されてなかった作品が、アニメでは覇権って言われるほど人気が出る。それに運よく、あたしが出てる。その幸運があたしに来たことがまず信じられないし……」

そこまで言って、目を伏せる。

若葉たちには伝えなかったことを、言葉にした。

「運がよかっただけ、って思うんだ。もし、この作品が元々注目作だったら――、あたしは選ばれなかったんじゃないか、って。もっといろんな声優がオーディションを受けて、その人に決まったんじゃないかって……」

マネージャー相手にごまかしては意味がないので、本心をそのまま伝える。

加賀崎は一度考え込んだあと、手を組んで前のめりになった。

やわらかな声で、ゆっくりと否定する。

「そんなことないよ。由美子は、実力でこの作品のオーディションを勝ち抜いた。事実としてはそれだけだよ。それとも、手を抜いてたけど、たまたま受かったのか？」

「ううん。全力でやったよ。でも、元々『人気作品に挑む！』ってつもりで受けたわけじゃないからさ。急に、今期の覇権！　って言われても、戸惑っちゃうよ」

もしもこれが、『死屍ルイルイ』や『ブルーワールド』のように、最初から注目作、覇権アニメ確定の作品だったのなら、その結果もありがたく頂戴できたと思う。

でも、あとから「覇権アニメになりました！　追加でお仕事いっぱいどうぞ！」と言われても、いいの？　と困惑してしまう。

既にアフレコが終わっていることも大きかった。

随分前にいつもどおり行った仕事が、分不相応な成果になって返ってきたのだから。

贅沢な考えなのは、重々承知だ。

だが、元々歌種やすみは仕事が多くない。九月のクールに関しては、アフレコの仕事はゼロだったくらいだ。

『幻影機兵ファントム』のときも戸惑ったけれど、あの感覚に近い。

由美子の考えを聞いて、加賀崎は腕を組む。

座り直してから、しみじみと答えた。

「由美子は、自分に自信がないんだろうな。まぁ仕事のない時期が長かったし、去年だって決して多くはなかったしな……。だが、あたしからすると順当だよ。確かに、これほどの幸運は滅多にない。でも、いつチャンスを摑んでもおかしくない、と思っていたよ」

「それはマネージャーの欲目じゃないの？」

母と同じだ。

母だって以前、『歌種やすみは、いつかプリティアになる声優です』と啖呵を切っていたが、親や保護者からするとどうしても評価が甘くなる、ような。

その気持ちが伝わったのか、「まぁ欲目ではある」と加賀崎は頷く。

ダメじゃん。

由美子がジトっとした視線を返すと、加賀崎は苦笑して手のひらをこちらに向けた。

「でもあたしは、前に言ったはずだぞ。覚えてる？　九月にオーディションを控える話をしたときだ。あのとき由美子は不安そうだったけど、『大丈夫だから、もう少し待ちな』って」

「あー……」

確かに言われた。

それである程度の心配を無視できるようになって、由美子は学校生活に専念できたのだ。

今思えば、加賀崎の声にはやけに力強さがあって、そのおかげで不安も軽くなった。

こんな状況が、近いうちに来ることを見越していたのだろうか。

加賀崎はまっすぐにこちらを見つめ、指を向ける。

「歌種やすみはちゃんと実力がついているし、仕事も増えてる。今回は思わぬ幸運に浮き足立ってるだけで、その成果を得られるほど由美子は成長してるよ。確かに運はよかったが、そもそも実力がなければ受かってないんだ。そうだろう？」

「そっかな」

「そうだよ」

加賀崎は深く頷く。

加賀崎にしっかりと言葉にしてもらうと、それが事実のように感じてくるから不思議だ。

由美子だって、自分がずっと同じ場所で足踏みしているとは思わない。

少しは実力もついていると思う。

なら――、ちょっとくらい自分を信じてもいいのだろうか。

そんな由美子を後押しするように、加賀崎は話を続けた。

「これから、実力に見合って仕事が増えるといいな。昔と違って、今は由美子に合ったキャラも多く受けてる。ひとつのきっかけで、跳ねる声優はいくらでもいる。あんまり期待しすぎるのもよくないが、『マオウノユウタイ』はきっと由美子のターニングポイントになるよ」

「そっかな」

「そうだよ」

そう言われると、えへへ、とだらしのない笑みがこぼれてしまう。

だと嬉しいな。

もっと仕事が増えて、もっと実力をつけて、もっと上手くなれば。

あれだけ遠かった夕暮夕陽の背中に、手が届くかもしれない。

そう考えるだけで、活力がみなぎってきた。

由美子の気持ちが上向いたのを見抜いたのか、加賀崎は声を引き締める。

「そういう意味では、これからのオーディションは重要だ。今勢いのある声優、と思ってもらえるのは間違いなくプラスになる。だからしっかり気合を入れていけよ。もちろん、受験が終わったあとでな」

「ん。頑張る。今はまだ、勉強に専念するよ」

由美子が両手をきゅっと握ると、加賀崎は「いい子だ」と穏やかに微笑んだ。

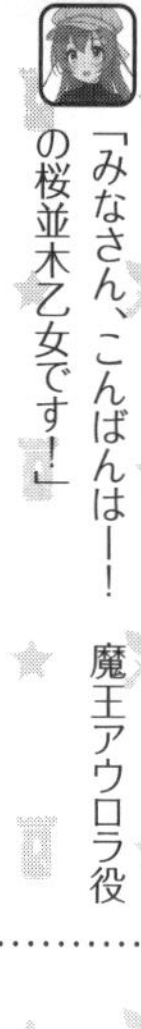
「みなさん、こんばんはー！　魔王アウロラ役の桜並木乙女です！」

「みなさん、こんばんは！　勇者クーリ役、歌種やすみでーす！」

「はい、『マオウノユウタイ・ラジオ』第5回が始まりました！」

「この番組は、『マオウノユウタイ』で敵対している魔王と勇者が、ラジオでは仲良くおしゃべりしていく番組です！」

「今の時間軸では、第四話が放送されたところですね。ますます盛り上がっているんじゃないかな？　って思う回だよね！」

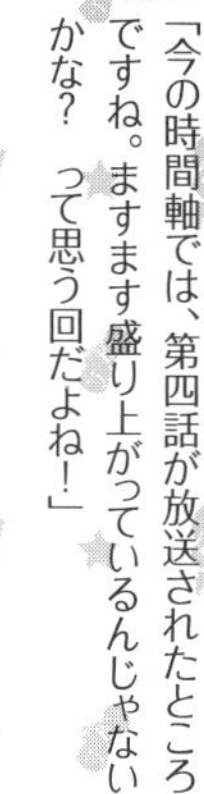
「話が一気にドバっと動くもんね。SNSでも話題になりそうな展開だったし」

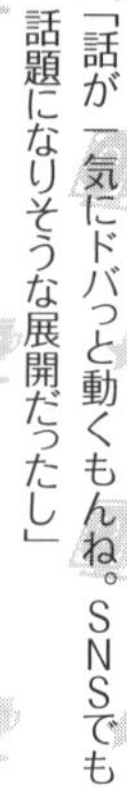

「そうだね～。この作品自体、すっごく注目されてるけど、それがさらに大きくなりそう……。第一話からそうだったけど、どんどん話題になっていって、びっくりしちゃった」

「だよねえ。あたしもいろんな場所で、観たよ！　って言われるし。あまりにも反響大きすぎてちょっと怖くなってる」

「気持ちはわかるけど（笑）このままの勢いで、二期三期、劇場版！　って感じで末永く続いてほしいね！　このラジオも、ずっとやっていたいな～」

「あたしもそう思うけど……。今さらだけど、このラジオさ。姉さんの相手があたしでいいのかな？　あたし敵役よ？　魔王の一番の敵。勇者。パーソナリティは、側近の人たちのほうがよかったんじゃない？」

「アニメ内だと、勇者も魔王もバチバチにやりあってるもんね。でもみんな、

やすみちゃんの演技にも注目しているし、やすみちゃんの話が気になるんじゃない？」

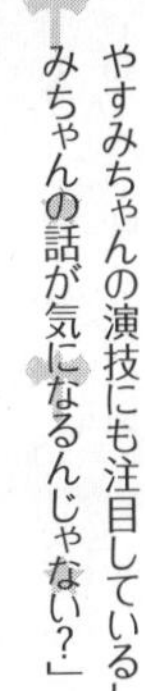

「そう言ってもらえるのは嬉しいけど、あたし出てない回も多いからな」

「それはそう」

「アフレコに参加してない回は、あたしも普通にテレビで初見だからね。え、こんなんなってんの⁉　ってなることも多いよ」

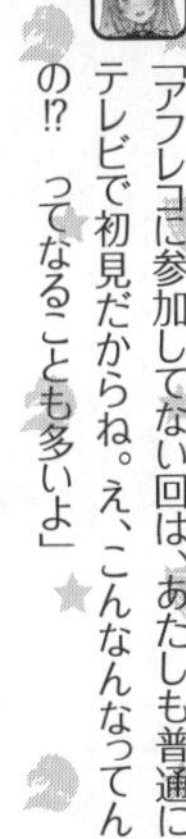

「あ、でも、こんなメールが届いてるよ。えー、ラジオネーム、〝魔王軍の食事係希望〟さんから頂きました。『さくちゃん、やすやす、こんばんは！』。はい、こんばんは！」

「こんばんはー」

「『第三話観ました！　まさか、あの展開から勇者クーリが登場するなんて、めちゃくちゃ驚きました！』」

「あれあたしもびっくりしてた」

「『やすやすの、ぞわっとするような、悪に心酔する演技が物凄くよかったです！　私はあまりやすやすのこういった演技を聴いたことがなかったのですが、こんなにハマるなんて！　とずっと驚いてばかりで――』」

MAOU no Yutai Radio

to be continued……

オッケーでーす、と声が聞こえ、由美子はイヤホンを外す。

由美子と同じように目の前の女性も、イヤホンを外した。

そうしてから、にっこりと由美子に微笑みかける。

「やすみちゃん、お疲れ様」

「ん。お疲れ、乙女姉さん」

由美子は朗らかに笑っている乙女に、笑みを返した。

トリニティ所属、桜並木乙女。

若手声優の中でトップクラスの人気を誇る、この世代を代表するアイドル声優だ。

艶のある綺麗な長い髪をさらりと流し、可憐な花を思わせる可愛らしい顔立ちをしている。

それに加えて、今は人気声優らしいオーラを放っていた。

今日の乙女はゆるいタートルネック、下は黒のロングスカートで、彼女のほわっとした雰囲気によく馴染んでいる。

先ほど、『マオウノユウタイ』のラジオ収録・第5回が終わったところだ。

桜並木乙女は『マオウノユウタイ』の主人公、魔王アウロラを演じている。

名実ともに人気声優である乙女は、様々な作品のメインキャラクターを担っている。さらに今回は覇権アニメの主人公役ということで、これからますます注目を浴びるに違いない。

しかし、そんなことは微塵も感じさせないほわほわ感で、乙女は笑っていた。

「やすみちゃんとふたりでラジオなんて、やっぱり嬉しいなぁ。このラジオ、もっと続いてくれるといいんだけどね」

「続いてくれたら嬉しいよね～。仕事で会えるなんて、めっちゃ役得だし」

乙女と由美子はとても仲が良く、プライベートでもよくいっしょに遊んでいる。

ただ、桜並木乙女は多忙極まりない。

なかなか会えない時期もあるし、予定が合わないこともしばしばだ。

それが仕事となると、毎週確定で会えるのだ。すごく嬉しい。

同じことを考えていたのか、乙女は頬を緩ませた。

「実際のところはどうなんだろね？　予定ではラジオも1クールって話だったと思うけど……。案外、このまま続いちゃいそうじゃない？」

「うん。イベントもやるって話だし、続きそうな感じはする。聴取率も高いみたいだし」

アニメ作品由来のラジオ番組は、アニメの放送が終わると同時に終了する場合が多い。

『マオウノユウタイ』は1クールアニメで、最終回が放送されたあとにラジオも終了……、とごくごく普通の予定だった。

けれど作品が成功したおかげで、番組の聴取率はかなりのものらしい。

ディレクターや関係者がほくほく顔でそう言っていた。

数字が取れるとなると、案外あっさり続くかもしれない。

覇権アニメの力、恐るべし。

実際、このパターンで続くラジオ番組も存在している。

アニメ終了後も放送を続けていき、なんと200回を超えた『ジュードルらじお』の例もある……、まぁあれは柚日咲めくるの手腕が大きいので、例外かもしれないが。

とにかく、いろんな可能性を秘めた作品であることは間違いない。

乙女は大真面目な顔で、ゆっくりと頷いた。

「さっき収録で言っちゃったけど、きっと二期もあるだろうしね。それまでラジオ続いてくれたらいいのに」

「わはは。姉さん、さすがに気が早いって」

まだ四話だよ、と由美子は笑う。

そうは言いつつも、由美子も同じことを考えていた。

これだけ人気なら、続編が全くの夢物語とは思わない。

人気アニメの続投ができるのなら、こんなにありがたい話もなかった。

他愛のない雑談を挟みつつ、由美子と乙女はブースを出て行く。

乙女の次の仕事まで、どこかでお茶をする予定だ。

連れだって街中を歩いていると、乙女が通行人のひとりに目を留めた。

その子が制服姿だったからか、「あ」と声を出す。

「そういえば、やすみちゃん。聞いたよ、コーコーセーラジオのこと」

「あ、そう？　……あぁ、乙女姉さんも言ってたよね。『このラジオって、高校卒業したらどうなるの？』って。こうなったよ」

由美子は控えめに笑った。

乙女は由美子の笑顔を受けて、しんみりした表情で「高校ももう卒業だもんね」と返す。

時間が経つのは早いね、と顔に書いてあった。

そんな反応をされると、由美子は何と言っていいかわからなくなってしまう。

そしてなぜか、乙女のほうまで黙り込んだ。

妙な沈黙に戸惑い、由美子は乙女の顔を窺う。

「姉さん、どうかした？」

「え？　あ、あぁうん。えっとね……、それと関係あるかはわからないんだけど……。夕陽ちゃんのことで、気になることがあって。ほら、わたし『屋上のルミナス』でいっしょだから」

「あぁ……」

乙女は知る由もないが、由美子が以前、ＰＶを観て打ちのめされた作品だ。

大人気作品のアニメ化だけに、由美子はダメ元でオーディションを受けて、落ちた。

そんな役を、千佳は見事に勝ち取った。

歌種やすみが落ちた役に、夕暮夕陽が受かったのだ。

あのときの膨らみ切った嫉妬心と、異様なほどの焦燥感は今も胸の中に渦巻いている。

「それでね、夕陽ちゃんと話すことも多いんだけど――、なんだか、ピリついている？　っていうのかな。張り詰めているというか……。集中してるんだと思うんだけど……、ちょっと心配になって。やすみちゃん、何か知ってる？」

「さあ。あたしにはわかんないけど……」

嘘だ。

その態度には、心当たりがある。

由美子から見ても、千佳はピリついていた。

元々無愛想ではあるけれど、ここ最近は他者を寄せ付けないオーラがより強まっている。

その理由に関して――、思い当たることは、ひとつ。

由美子が『マオウノユウタイ』で注目されていることだ。

互いをライバル視しているからこそ、由美子にはわかる。わかってしまう。

逆の立場だったら、由美子は絶対に冷静でいられない。

絶対に。

大体、由美子は『屋上のルミナス』のときにへったくそな態度を取った挙句、最終的に千佳を空き教室の壁に押し付けている。

ふうふう、と荒い息を吐き、歯を食いしばりながら、彼女の胸倉を摑んでいた。

それに比べれば、千佳の変化はかわいいものである。

ただ、それを乙女に伝えることはできない。

だって。

『あいつは、あたしのことを意識してるんだよ。あたしが上手くいってるのを見て、内心穏やかじゃないんだ。ライバルだからね、わかるよ。あたしとあいつは同じなんだから』

――言えるわけがない。

どのツラ下げて言うんだ、そんなこと。

しかも、それがもし間違っていたら目も当てられない。

千佳に知られれば、一生擦られそうなほどの過ちだ。

だから、乙女にぶっきらぼうに「わからない」と言ってしまうのも許してほしい。

乙女はその心情を悟ったわけではないだろうが、曖昧な笑みを浮かべた。

「さっきも言ったけど、やすみちゃんたちってもうすぐ高校卒業だよね」

「うん。三月に卒業式。来月はほとんど学校に行かないよ」

「夕陽ちゃんがどこの大学に行くか、知ってる?」

「…………」

乙女に突っ込まれるとは、思わなかった。

大人のだれかには言われるんだろうな、とは予感していたけれど。

由美子は黙って首を横に振る。

乙女は最初からわかっていたように、寂しそうに笑った。

「やすみちゃんは、それでいいの？」

「まぁ、べつに……。あいつの進路なんて、興味ないし……」

これも嘘だ。

由美子は千佳が卒業後どうするのか、どんなことよりも気になっている。

より詳しく言えば、進路がバラバラになったあとの自分たちの関係が。

このまま離れ離れになって、自分たちはどうなるのか。

見えない未来に、強い不安を覚えている。

けれどこればかりは、乙女相手にだって素直に言えない。

まるでそれさえもすべてわかっているかのように、乙女はゆっくりと話し始めた。

「たった一言、相手に伝えるだけで変わるものもある。変わらないものもある。やすみちゃんもとっくにわかってると思うけど……、それってとても大事なことだと思うよ」

曖昧な表現だが、気持ちは伝わる。

わかってる、と言いたくなるのを懸命に堪えた。

千佳に一言尋ねるだけで、このモヤモヤからは解放される。

その先の道も見えてくるだろうし、関係に言及することもできる。

少し話をすれば、関係が途切れることを避けられるかもしれない。

それはわかっているのに、由美子はどうしてもその簡単な質問ができなかった。

……それを口にすることさえできれば。

この先もきっと、という思いはあるのに。

由美子が黙っていても、乙女はずっと視線を向けてくる。

乙女に根負けした……、という言い訳を与えてくれたことに、由美子は今さら気が付いた。

「……最終日にでも、聞いてみるよ」

はあ、と息を吐いてから、どうにかそれだけを絞り出した。

最後の登校日、その空気に乗じて。

そういえば、渡辺ってどこの大学に行くの？　どの辺に住むの？

そんなふうに、何気なく尋ねてしまおう。

普段はもう、訊ける気がしないけれど――、その日だったら、踏み出せる気がした。

乙女が嬉しそうに笑う気配がしたが、由美子はもう彼女を見られなかった。

◆

千佳は自室でひとり、テレビ画面を眺めていた。

窓の外はすっかり静かな、眠っている者も多い深夜帯。

千佳は、本日放送のアニメをリアルタイムで視聴していた。

『マオウノユウタイ』。

新鋭の監督が大胆に原作をアレンジし、原作者も「ほとんど別物だけど、すごい作品を作ってくれた」と唸ったアニメ作品だ。

舞台は異世界。魔王に支配されたこの世界で、勇者は魔王討伐の旅に出る。

スポットが当たるのは、その魔王側のほうだ。

王道のファンタジーを題材にした、パロディ的な作品である。

魔王と勇者がふたりとも女性なのも、王道作品では男性の場合が多いからだろう。

「魔王様。勇者一行がこの魔王城に向かっているようです」

「勇者は厄介だが……、奴は人類の希望でもある。死なせてはならん。しかし奴が現れると、魔物が活性化してしまう……。だれか派遣させて、魔物の数を減らすしかあるまい……」

「ですが、魔王様。うちから派遣しても、また勇者に倒されてしまうのでは……」

「あぁそうなのだ……。あいつらはなぜボスを倒してしまうのだ！　魔物と人類の均等が狂うだろうに！」

魔王は弱い人間たちを守るために、世界を調整していた。人間たちはその恩恵を知らず、魔王討伐を目指している。

その魔王側の苦労を描く……、という物語だ。

元々はコメディ色が強い作品だが、監督がシリアスをまじえて上手く調理し、緊張感のある作品に仕立てていた。

桜並木乙女演じる、魔王アウロラの演技もぴったりだ。

そして、それ以上に。

「おっと、魔王様直々にお出ましとは。あたしも偉くなったもんだねえ。で、なに？　やろうっての？　別にいいけどさあ、困るのはそっちなんじゃないの？」

「……わたしとお前が本気でやりあえば、この近くの街は吹き飛ぶだろうに。甚大な被害が出るんだぞ。勇者として、思うところはないのか」

「ないねェ。どぉ〜でもいい。それより、アンタが善人面して世界を守ろうとしていることのほうがよっぽど気に食わないね。世が混沌だからこそ、勇者が輝くんだろうがッ！　あぁやっぱどうでもいいや、やろうぜ魔王ォ！　あの街はアンタにくれてやるよッ！」

――上手い。

叫び声を上げる勇者クーリの演技に、千佳は目を離せなかった。

勇者クーリは勇者として甘い汁を吸うために、世界を混乱に導く悪役である。

ぞっとするほどいやらしい声色と、時折混じる狂気的な演技は、見事な存在感を放った。

基本的に魔王側の物語であり、敵である勇者は頻繁に出番があるわけではない。

それでも、ひとたび登場すればSNSが盛り上がる人気キャラクターだった。

正統派声優の乙女が魔王を演じていることもあり、その対比が濃く出ている。

魅力的な悪役。

それはやはり、一際強い輝きを放つ。

「…………………………」

千佳はスマホを持ち上げ、SNSで実況の様子を眺める。

当然のようにトレンド入りしており、感想が洪水のように溢れていた。

その濁流を見つめ、この勢いは覇権アニメと呼ばれてもおかしくないな、と改めて思う。

感想の中でも、歌種やすみの怪演を賞賛する声が多かった。

ほかが正統派の演技をしている中、ひとりだけ毛色が違うからより目立つ。もちろん、それもあると思うが……、もとよりこれは、歌種やすみが得意とする演技。

可愛らしいヒロインよりも、一癖も二癖もあるキャラのほうが、彼女は真価を発揮する。

それを世間が気付いていなかっただけ。

彼女の実力を、知らなかっただけ。

『幻影機兵ファントム』ではだれもが認める演技をしていたのに、気付くのが遅すぎるくらいだ。あの作品で、一気に売れてもおかしくなかったのに。

そもそも、彼女は元々注目されるポテンシャルを秘めていた。

それは、一年以上前に千佳も指摘している。

『声優としてのあなたを、わたしは脅威に思う。演技を聴くたび、歌を聴くたび。上手いな、って思わされる。今あまり仕事がないのは、タイミングが合っていないだけとしか思えない。

ひとつのきっかけで、きっとあなたは上にいく』

初めてのお泊まり会で伝えたあの言葉は、嘘偽りのない千佳の本心だ。

少し前にも、ぐらついていた由美子に改めて伝えた。

だから、言ったでしょう。

呆れるように千佳がそう言ったら、きっと由美子は唇を尖らせて、何か言いたげにしながらそっぽを向くのだろう。

その姿は微笑ましいかもしれないが——、千佳はとても和める気分ではなかった。

むしろ、逆。

穏やかでは、いられなかった。

「きっかけとしては……、十分なのよね……」

スマホの中を流れる、感想の洪水。

それを眺めながら、千佳は呟く。

爆発的に注目された作品が現れたとき、その勢いに引っ張られる声優は存在する。

あとから考えて、「あの作品をきっかけに売れたよね」と言われる声優は存在する。

たとえば、秋空紅葉は『ただ、まっすぐに』の主演を務めてから、一気に出演作が増えて、新人声優のトップに躍り出た。

この作品が、歌種やすみの出世作になる可能性は十分にある。

その成功自体は――、彼女を知る者として、ラジオの相方として、素直に喜ばしかった。

しかし。

……しかし。

「――――あぁ」

千佳の口から、熱い息が漏れる。

己の胸に手をやると、ドクドクと激しい鼓動を感じた。

眩暈のようなものを感じ、思わず目を瞑る。

目の奥には、光がゆらゆらと揺らめいていた。

居ても立ってもいられず、千佳は部屋から飛び出す。

「……？　千佳？　出掛けるの？」

タイミング悪く、母親に見咎められる。

千佳は舌打ちを堪えながら、できるだけ平静に答えた。

「ええ。コンビニ」

「こんな時間に？　……危ないわよ。どうしてもと言うのなら――」

「すぐ帰ってくるから」
ついていく、と言い出しかねない母を振り切り、千佳は部屋を出て行く。
マンションのエントランスを抜けると、すぐさま冬の風が襲い掛かってきた。
適当にコートを引っかけただけなので、顔に張り付く冷気に嫌気が差す。
でも、今はこれくらいでちょうどよかった。
身体を温めるように早足で歩くが、背中にはずっと薄ら寒いものが張り付いている。
幻想の視線を後ろから感じ、それがさらに不快感を煽った。
顔を上げると、やたらと澄んだ夜空に星がきらめいている。
そこに、彼女の憎らしい横顔が浮かんだ。
『幻影機兵ファントム』で見せた、鬼気迫る彼女の表情。
荒い息を吐いて、ぎらぎらの瞳でモニターを睨んでいた彼女。
あのとき放たれた演技に、千佳は心をまるごと奪われた。
千佳だけじゃなく、監督や音響監督、大野や森だって。
一部の人間だけが気付いていた彼女の底力に、世間が注目し始めている。
「……あなたのそういうところ、本当に嫌い」
あぁ、追いついてきたか。
千佳は素直にそう思った。

『マオウノユウタイ』が評価されて、仕事が増え、演技する場が多くなればなるほど、彼女は千佳に迫ってくる。

歌種やすみは、夕暮夕陽をずっと追いかけていた。

彼女は今頃、千佳の背中が近付いたことを喜んでいるかもしれない。

けれど、追われる身としては――。

「あぁ――――」

――これ以上ないほどの、恐怖だ。

歌種やすみに、負けたくない。

追い抜かれたくない。

追いつかれるわけにはいかない。

そう心に誓って、千佳は懸命に前を進んできた。

だというのに、歌種やすみには追い風が吹いている。

彼女はこのまま、軽やかに跳んでしまうかもしれない。

いつの間にか千佳の上をぴょんと越えて、今度は千佳が背中を追うことになったら……。

千佳は、それがたまらなく怖かった。

怖い。

真冬だというのに、手の中が汗でじっとり湿っていた。

焦って、焦って、どうしようもない激情が渦を巻く。

「だって、あの子は……」

経験を、感情を、演技の糧にする役者だ。

『しっかりしなさい、歌種やすみ。その嫉妬心も、虚栄心も、自己嫌悪さえも。あなたは演技に活かすタイプの役者でしょう』

由美子が大きく崩れたとき、千佳は彼女にそう伝えた。

かつて森香織も、進路に迷った由美子に『ひとつでも多くの経験をしたほうが、いい演技ができる。キャラと重なる部分が多いほど、演技の凄みが増す』と大学進学を勧めていた。

彼女は憑依型の声優だから。

そんな彼女が、これからさらに経験を重ねる。

卒業式で感じる別れの切なさやその空気、受験で覚えた緊張やまとわりつく不安、大学入学の期待感と春風のように爽やかな胸の高鳴り。

そして、覇権アニメの出演による、周りの変化や己に積み重なる自信。

怒濤のように彼女の中に溜まっていき、歌種やすみは演技力を増していく。

これから、千佳と由美子が会う回数は激減する。

もし、久しぶりに会った由美子が。

千佳が敵わない、と思うほどに成長していたら。

……それが、怖かった。

負けたくない、という思いばかりが膨らんで、思わず部屋から飛び出してきてしまった。

夜中でよかったかもしれない。

今の千佳は、他人が見たらぎょっとするほど目つきが悪いだろうから。

一歩一歩、踏みしめるように、己を落ち着かせるように、歩いていく。

特に目的があるわけではなかった。

静まり返った夜の中に、千佳の足音だけが響いていく。

頭を冷やせれば、と思ったが、由美子に対する思いは一秒ごとに強くなった。

山火事のように次から次へと、火の手が回り続ける。

手はぞっとするほど冷たいのに、腹の中はぐつぐつと煮えたぎっていた。

「…………………」

千佳は足を止める。

自販機を見つけた。

夜に不釣り合いなほど煌々と照らす自販機を前にして、ポケットに手を入れる。

躊躇なく、冷たいミネラルウォーターを購入した。

がたん、と白々しい音を立てて、ペットボトルが落ちてくる。

千佳はそれを拾い上げて、言うことを聞かない指で蓋を開けた。

キャップを地面に落とすと、かつん、と乾いた音が鳴る。
そちらに目を向けることなく、ペットボトルを頭上に掲げると――、
水をすべて頭にぶちまけた。
「――――」
びしゃびしゃびしゃ、という音とともに、染みが地面に広がる。
髪が思い切り水を吸って、頬や顔に張り付いた。服の中にまで水が入り込んでくる。
異様なまでの冷気が身体を冷やし、水の一滴一滴が体温を奪っていった。
ぶるりと震える。
ずぶ濡れの髪からポタポタと水が滴るのを、他人事のように見つめていた。
空のペットボトルを地面に落として、力強く踏みつける。
ばきりと小気味いい音が鳴った。
髪をかきあげると、冬の空気に水滴が飛び散っていく。
はあ、と息を吐くと、それでも熱い。
ちっともこの熱は収まらない。
けれど、少しは冷静になれた。
「――歌種やすみ。あなたは、絶対にわたしの前を行かせない」
空を見上げる。

真っ暗な空に輝く星が、やけに眩しく見えた。
——余談だが。
そのあと、そそくさとペットボトルを拾ってゴミ箱に捨て、家に帰ると。
ずぶ濡れになった娘を見て母が悲鳴を上げた。
あと熱も出た。
まぁしょうがない。

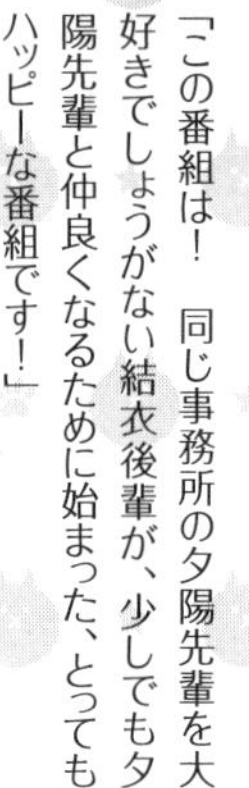

第20回

「みなさんこんばんは！　ブルークラウン所属の高橋結衣です！」

「みなさん、こんばんは。ブルークラウン所属の夕暮夕陽です」

「『夕陽センパイ結衣こうはい』！」

「この番組は！　同じ事務所の夕陽先輩を大好きでしょうがない結衣後輩が、少しでも夕陽先輩と仲良くなるために始まった、とってもハッピーな番組です！」

「はい、というわけで。第20回が始まり……」

「祝・20回！！！！！！」

「声うるさ……。突然大声出すのやめてくれる？　めでたくもないし、うるさいし」

「何を言ってるんですか！　高橋と夕陽先輩のラジオがなんと20回も続いたんですよ？こんなに嬉しいことはないです！　このまま100回、200回と続いてほしいですね！」

「まだ20回程度で何を……。飛ばしすぎなのよ、あなたは……。ええと……、まず――」

「あ、嬉しいことと言えば！　こんなメールが届いていましたね！」

「うるさ……、なに、そんなにわたしの進行の邪魔をしたいの……？」

「あぁ、すみません！　ついテンションが……。わかりました、高橋がこのメールを読みます！　えー、ラジオネーム、〝ダラッタッタ〜〟さんから頂きました！　『夕姫、ゆいべぇ、こんばんは！』」

「はい、こんばんは」

「『先日、《屋上のルミナス》の新キャストが発表されましたね！　なんと、

夕陽センパイ🐾結衣こうはい

夕姫演じるシガレットの姉・シーシャ役にゆいべぇが選ばれるなんて！　運命的なものを感じます！』」

「どこが？」

「『ゆいべぇと夕姫の共演、とても楽しみにしています！』……ですって！　いやぁ、いいメールですねぇ～！　確かに高橋と夕陽先輩が姉妹役だなんて、運命を感じますよね！」

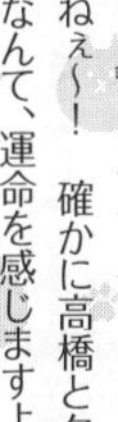

「だからどこが？」

「前にこの番組でも《屋上のルミナス》には触れましたけど。そのときにはまだ情報未解禁だったから、高橋は何も言えなかったんですよ！　やっと言えて嬉しいです！」

「そうね。あのときの高橋さん、妙にむずむずした顔をしていたものね。我慢できずに言っちゃうんじゃないかと思って、ヒヤヒヤしたわ」

「えへへ」

「なんで照れた？」

「それにしても！　夕陽先輩と久々の共演ですから！　高橋、め～っちゃ嬉しいです！」

「嘘言わない。ティアラで共演したばかりでしょうに」

「ライブは出ましたけどぉ！　アニメでいっしょになることは、ほぼなかったじゃないですか！　アニメは〝オリオン〟主体の物語で、高橋はあまり出番なかったですもん！」

「まぁ……、それもそうね。今回、シガレットのお当番回になるけど。シーシャは重要な役どころで、絡みも多いものね」

「そうなんですよ～！　高橋、めちゃくちゃ張り切ってます！　楽しみにしててください！」

to be continued……

「えっ、休み？」

朝のホームルーム中につい声を漏らしてしまい、由美子は慌てて口を押さえる。

『今日は、渡辺さんが風邪で欠席です』。

担任が告げた言葉に、無意識で反応してしまった。

注目が集まって居心地悪い思いをしたものの、だれかが言及することはなかった。

担任はちらりと由美子を見つつも、何も言わず進行に戻る。

「今日は最後の登校日になるわけだけど――、いつまでも学校に残っていないように。まだ受験は終わってないのだから、騒がないようにね」

釘を刺して、朝のホームルームは締め括られた。

担任が出て行くと、授業前の騒がしさが教室に戻ってくる。

早速、若菜が声を掛けてきた。

「渡辺ちゃん、休みなんだね。最後の登校日なのに」

「うん……」

そうなのだ。

今日は三年生の全体授業、最終日だ。

雰囲気は終業式に近いものの、明確に「今日が高校最後の、普通の日」という空気があるため、全体的にしんみりしている。

それを吹き飛ばすために、由美子たちは遊びに行く計画を立てていた。

千佳は誘いを断っていたが、学校まで欠席するのは予想外だ。

若菜は唇を尖らせながら、頭の後ろで腕を組む。

「残念だなあ。わたし、もう渡辺ちゃんに会えるのは卒業式だけになっちゃう。今日くらい会っておきたかったたな」

彼女の言うとおり、千佳と学校で会う機会はほとんど残っていない。

普段なら一日くらい会えなくても何とも思わないが、よりによって今日なんて。

「由美子はいいよね、仕事で渡辺ちゃんと会えるんだから」

「んん……、まぁ。でも週に一回だけだし。今はいっしょの仕事って、ラジオだけだからさ」

「あ〜、そっかぁ。週五が週一になるって、全然違うね……。今までは毎日会えてたんだもんねぇ。しかも、そのラジオも終わっちゃうんだし……。やっぱり寂しいね」

若菜の言葉に思わぬ衝撃を受けて、ラジオについて言及する気も起きなかった。

あぁそうか。

もう、毎日会うことはないのか。

高校を卒業すれば、同じ学校じゃなくなれば、同じクラスじゃなくなれば、嫌でも顔を合わせる日はなくなってしまう。

そんな当たり前のことを、今さら強く実感した。

わかっていたはずなのに、それでも心に冷たい風が吹き込んでしまう。

「…………………」

頭を掻く。

これ以上感情を動かされたくなくて、無理やり別の思考に逃げた。

訊きたいことがあったけど、明日でいいや。

まさしくそれができない状況に陥り、心が重くなる。

しばらくはコーコーセーラジオでしか会わないから、佐藤由美子としての宿題を今日のうちに済ませようと思っていたのに。

乙女に言われたことだ。

千佳の進学先がどこなのか――、これから先、どうするのか。

それを今日、最終日の勢いで訊こうと思っていた。

計画が崩れたことに落胆していると、若菜が顔を覗き込んでくる。

どしたん？　と問われ、胸の奥がきゅっと締まった。

反則のような気もするけど、仕方がない。

こんな大事な日に休むあいつが悪いんだ。

「……ねぇ、若菜。若菜ならさ、渡辺がどこの大学に進学するか知ってるんじゃない？　あいつ、どこの大学に行くの？」

できるだけ何気なさを装って、若菜に尋ねる。

若菜と千佳は案外相性がいいようで、由美子がいないところで話す姿も見掛ける。

由美子と違って何の気負いもなく、若菜は千佳に進学先を聞いていると思った。

若菜は片眉をつり上げて、由美子を見やる。

どう考えてもさりげなくないし、あまりに突然の質問だったからだろう。

若菜は呆れたように頭を振りながら、そっけなく返答する。

「そんなの、渡辺ちゃんに直接訊けばいいじゃ～ん。わたしに訊かないでさ」

「や……、今日訊こうと思ってたんだよ？　ほんとほんと。でもほら、あいつ休みだしさ。そうなると、訊くタイミングないじゃん？」

「別に連絡先を知らないわけじゃないんだしさ。いくらでも訊く方法あるでしょ。そもそも、ラジオはあるってさっき言ったじゃん」

「うっ……」

ごく当然の反撃に遭い、由美子は黙り込む。

若菜は嘆息混じりで、言葉を続けた。

「大体、それわたしが言っていいのかもわかんないし。やっぱ直接訊くべきだと思うよ」

「あ～……、うん……。ま、気が向いたらね……」

由美子は顔を逸らし、今さら取り繕う。

若菜はそんな由美子をじっと見ていたが、心配そうに顔を近付けてきた。

「……ねぇ、由美子。大丈夫？　もう渡辺ちゃんとは同じ高校じゃなくなるんだよ。いいの？　このまま離れ離れになってもさ」

「いや、べつに……。むしろ、せいせいするけど……」

素直に答えられるわけもなく、弱々しく意地を張る。

歯切れの悪い由美子に若菜は何か言いたげだったが、パっと立ち上がった。

「由美子がそれでいいのなら、いいけどね。さ、わたしは委員長たちと今日の話をしてこよ～っと」

若菜はそそくさと、由美子の席から離れていった。

こっちだって、少しは歩み寄ろうとしたんだよ。でもあいつがさ……。

若菜の背中にそんな言い訳を投げ掛けたあと、由美子はスマホを持ち上げた。

会えると思っていたのに、その予定が崩れて放り出された気分になる。

連絡してみようか、いやでも、そんなことする間柄でもないし、あぁ病欠のときくらいはおかしくないか？　同じパーソナリティなんだし……、ともぞもぞ考えること数秒。

「あ」

お見舞い行けばよくない？

以前、由美子が熱を出したとき、千佳はお見舞いに来てくれた。

あのときのことを思い出すと顔が熱くなるが、彼女が家に来たのは事実。

むしろ、由美子は一度来てもらった立場なのだから、お返しとして行くのはむしろ当然なんじゃないか？

渡辺家は裏営業疑惑の際に家がバレて、一度引っ越しを行っている。その新居にも由美子は訪れたことがあるので、問題なく住所はわかる。

これから若菜たちと遊びに行く予定はあるが、そのあとなら……。

「…………………………」

そこまで考えて、ひとつ、懸念点が浮かび上がる。

……こういうのって、アポ取ったほうが……、いいよなぁ……。

千佳は突然の訪問だったものの、常識的に考えれば尋ねてからのほうがいい。

それはわかっているのだが……。

なんかこうー……。

『渡辺、風邪引いたんだって？　お見舞い行くよ。行っても大丈夫？』

そんなふうに連絡することに、妙な気恥ずかしさがあった。

照れくさすぎる。

千佳が前回、アポなしでやってきた理由を察してしまった。

だが、絶対に訊いてからのほうがよい。

由美子は千佳の前で倒れるほど高熱だったし、ラジオの収録も休んでいたので、家で寝込んでいる確率は高かった。

でも、千佳は家にいるかどうか、正直わからない。

連絡なしで訪ねて、彼女が出掛けていたら目も当てられなかった。

でもなぁ……。

お見舞い行っていい？　ってなぁ……。なんか、ねぇ……？

「うーん……、うーん……」

腕を組んで、頭を悩ませる。

薄々感じていたが、つくづく面倒くさい関係だな、と再認識した。

「由美子！」

「うひゃあッ！」

目を瞑って千佳について考えていたので、突然声を掛けられて椅子からひっくり返りそうになった。

ずり落ちながら前を向くと、若菜が不思議そうな顔をしている。

「どしたん、由美子。そんな驚くことした？」

「あぁ、いや。なんでもない……。なに、若菜どうしたの？」

お見舞いに行くかどうか迷っていたから、とは言えず、動揺しながらもごまかす。

若菜は首を傾げていたが、自分の話題を優先することにしたらしい。

机に両手をついて、ぐぐっと顔を近付けてくる。

「さっき委員長たちと話しててね！　卒業旅行行きたいなあ、って話になったの！　行きたくない？　みんなで行こうよ！」

「おお……、いいね。行こう」

遊びの誘いは大歓迎の由美子は、とりあえず即答する。

突然の提案だったが、そういう時期でもあった。

いやむしろ、話題に上げるには遅いくらいか？　行く時期にもよるけど。

最終日の寂しさにつられて、少しでも思い出を増やしたくなったのかもしれない。

由美子は当然、断る理由はなかった。ぜひ行きたい。

だからふたつ返事をしたのだが、若菜のにっこりしながらの返答には面喰らった。

「じゃ、渡辺ちゃんにも訊いておいてね！　よろしくぅ！」

言うや否や、若菜は委員長たちの元に戻っていってしまった。

「……あいつも誘うの？」

若菜や委員長がいるのなら、誘いたがっても不思議ではないけれど。

そこに由美子の意思は関係なく、「なんであたしが」と反論したところで、「でも由美子、渡辺ちゃんの担当じゃん」という意味不明な理屈で押し切られるに決まっている。

それに、直接会う機会があるのは由美子くらいだった。

あいつ、そんなの行くかなあ、とは思うけど。

ただ。

「……お見舞いに行けば、どっちも訊けちゃうな」

そんなことを考えてしまう。一石二鳥だ。

問題は、風邪で休んだ彼女の元に、わざわざお見舞いに行くというシチュエーションだけ。

どうしよう……、かなぁ……。


結局、来てしまった。

千佳の住むマンションの前にまでやってきて、由美子は立ち尽くす。

相変わらず見上げるほど高いマンションで、とってもお家賃が高そう。

当然のようにオートロックで、入り口で部屋番号を押して承認してもらわないと、中に入ることすらできない。

なので由美子は、操作盤の前でまごまごしていた。

千佳に「お見舞いに行く」とは結局伝えられず、ここまで来てしまったから。

寝ていたら連絡して起こすのも申し訳ないし、本当にお見舞いに行くかも迷っていたし。

というか、今も迷っているし。

「……いや、今さら引き返すのは変か」

手ぶらで行くわけにはいかず、手にはスーパーの袋の重みをズシっと感じる。

日はとっぷりと暮れて、晩ご飯にはちょうどいい時間。

お見舞いの品に加え、ご飯でも作ってあげようと食材を買い込んできていた。

断られたならまだしも、この状態で引き返すのはあまりに惨めだ。

意を決して、由美子は部屋番号を押していく。

しばらく呼び出し音が鳴ったあと、スピーカーから耳馴染みのある声が聞こえた。

『はい』

それで少しほっとする。思ったより、元気そうだ。

声が裏返らないよう注意しながら、由美子は慎重に口を開く。

「……あ、渡辺？　あたし、佐藤、だけど」

『……佐藤？　なぜ？』

声が驚きの色に染まる。

突然、連絡もなしで家に来たらそりゃ驚く。

その戸惑いをごまかすように、千佳は言葉を繋げた。

『あの佐藤？　ギャルで粗暴で、コミュ強ぶってるほうの佐藤？』

「おいそれただの悪口だろ。その佐藤だけど」

憎まれ口を叩いてきたのは、動揺を静めるためかもしれない。

お互い、冷静ではないのかも。

由美子のほうも言い訳を重ねるように、理由を連ねた。

「渡辺が風邪で休みって聞いたからさ。その、お見舞い。ほら、渡辺はあたしが寝込んだときに来てくれたじゃん？　だから義理があるっていうか。お返ししないと、寝覚めが悪いっていうか……」

ぺらぺらと聞かれてもいないことを喋ってしまうのは、きっと緊張のせいだ。

千佳はしばらく黙ったあと、『……入って』と一言告げて、インターフォンを切った。

由美子は、ふう、と一息つく。

とりあえず、門前払いは避けられた。

自動ドアが開いたので、由美子は広くて綺麗なエントランスを進んでいく。

エレベーターに乗って廊下を歩き、渡辺家の前までやってきた。

インターフォンを鳴らすと、すぐに千佳が扉を開く。

ゆったりとした部屋着に身を包み、髪も雑に分けた千佳がそこに立っていた。

「……わざわざお見舞いなんて、よかったのに。そこまでひどいわけじゃないし」

千佳は何とも言えない表情で、そう言う。

実際、普段とそこまで変化はないように思えた。

ほっぺがちょっと赤いくらい？

「なんか、思ったより元気そうね」

「ええ。ちょっと寒気がしたから、念のために休んだだけだもの。どうせ最終日なんて、出てもそこまで変わらないし。まぁいいか、って」

「寒気はしたんだ？　風邪は風邪なんでしょ？　疲れでも溜まってたの？」

由美子が他意なく尋ねると、千佳が微妙な顔をする。

その質問には答えず、踵を返した。

「……まぁ、上がって」

「うい」

千佳が廊下に戻るのを見ながら、由美子は靴を脱ぐ。

リビングに案内されていると、千佳はチラっとこちらを一瞥した。

「それ、お見舞い？　それにしては、随分と大袈裟だけれど」

由美子は持っていたスーパーの袋を指摘され、気まずくて目を逸らす。

確かに大袈裟だった。

近所のスーパーでいろいろと買い込んできたのだが、袋に詰まった食材は明らかにお見舞いの範疇を超えている。

これではただの買い出しだ。

「……寝込んでいるなら、何か作ったげようと思ったんだよ。あんた、放っておくと何も食べなさそうだし。でも渡辺の家には食材がないだろうから、買っていったらこんな感じに」

基本的に渡辺家は、母も娘もほとんど自炊をしない。

そんな家の冷蔵庫を当てにするわけにいかず、自前で用意するしかなかった。

「……あなたらしいわ」

呆れたように言う千佳だったが、その横顔は穏やかに見えた。

一旦、食材をキッチンに置いたあと、由美子はずっと気に掛かっていたことを口にする。

「それより渡辺。あんた、ちょっと薄着すぎるよ。風邪引いてるんでしょ？　上になんか一枚羽織りなって」

由美子が指摘すると、千佳は嫌そうな顔をする。

「出たわね、やすみママ。あなた、うちのお母さん並みに口うるさいわよね」

「だれがママだ。大体、渡辺のママさんが口うるさいのは、あんたが迂闊だからでしょうが。ほら、部屋でなんか着てくる」

口だけでは動きそうにないので、由美子は千佳の両肩を押した。

細くて小さな肩に熱を感じながら、彼女の部屋までグイグイ押していく。

千佳は面倒くさそうにしていたが、そこまでされて拒否するほど意固地ではないようだ。

大人しく、部屋の扉を開けた。

前の家から、そのまま家具の配置だけが変わったような、シンプルな千佳の部屋。

以前も見たので、特に目新しいものはなかったが……。

パソコン画面に映った映像に、視線が引き寄せられる。

あれは、Vチェック用の動画だ。

彼女は学校を休んだくせに、Vチェックはしていたらしい。

由美子がついそちらに目を奪われていると、千佳は悪びれずに答える。

「風邪気味だったのもそうだけど、Vチェックも念入りにしたかったし」

だから学校を休んだ、と。

Vチェックをする元気があるのなら、本当に体調は問題なさそうだ。

千佳はさっとカーディガンを羽織ってから、静止した画面に目をやる。

その横顔が、真剣なものに変わっていった。

「この作品に向けて、万全の準備をしたかったの。わたしは……、いつも以上に頑張らないといけない……。全力で挑まないと……。時間なんて、いくらあっても足りないくらい……」

「…………………………」

まっすぐに画面を見つめる千佳を前にして、奥底から感情がこみあげてくる。

身体が浮き立つような、期待感。

熱いものが湧き出てきて、彼女から目が離せなくなる。

自惚れて、みたくなる。

「ねぇ、渡辺。それって……、それってさ……」

あたしを意識してるから？

歌種やすみが思わぬ形で注目されて、この先、売れていくかもしれない。

夕暮夕陽の背中に、迫るかもしれない。

だから今、彼女は居ても立ってもいられない。

由美子を迎え撃つために、こうして学校を休んでまでVチェックをしている。

歌種やすみの存在が、彼女を揺さぶっていた。

それが事実なら——、こんなにも。

心を熱くする出来事はない。

あたしはここまで来たんだよ、と彼女に伝えたくなる。

「そうね……」

千佳はきゅっと目を瞑ってから、机の上にあった台本を手に取った。

表紙を無言で撫でる。

意志の強い眼差しが、由美子を射貫いた。

台本を開いて、彼女はこちらに突きつけてくる。

「見て。この作品には、高橋さんが出演するの。彼女の役は、わたしの直接の敵となる役。キャラクター的にも、役者としても、わたしは彼女に負けるわけにはいかない。だから、ここまで張り詰めているの」

「…………………………………………」

違った。

あたし関係なかった。

はずかし。

さっきまでの思考は、全部ただの自意識過剰だった。

恥ずかしすぎる……。

めちゃくちゃ恥ずかしくなってきて、顔が熱くなっているのが自分でもわかる……。

由美子が無言で赤面しているからか、千佳が首を傾げた。

「佐藤？　あなた、顔が赤いわよ。あなたのほうが風邪引いてるんじゃないの」

「いや……、大丈夫……。ほらあれだ、マショナさんの収録を思い出しただけだから……。

あぁ、あんたの手冷たいね……」

赤くなった頬に、千佳の手が当てられる。しなやかな手はひんやりしていて、熱くなった顔に心地よかった。

おほん、と由美子は咳払いしてから、仕切り直す。

千佳の手にある台本に目を向けた。

表紙には、『屋上のルミナス』のロゴとともにキャラクターが描かれている。

『屋上のルミナス』は発行部数三百万部を超える、大人気ガールズバンド作品だ。

華麗なライブシーンのPVで、瞬く間にアニメも注目された期待の一作。

由美子はそのPVを観て千佳との差に打ちのめされ、以前あれほどまでに取り乱した。

あのとき、千佳が『嫉妬をぶつけてこい』と言ってくれたおかげで、何とか持ち直すことができたけれど。

悔しいものは悔しい。

なので、千佳の頭をはたいておいた。

「⁉　な、なんで叩いたの、今……⁉」

「嫉妬をぶつけた」

「は……？　あなた、本当に熱があるんじゃないの……⁉」

目を白黒させている千佳を見て、少しは溜飲が下がる。

話を本筋に戻すことにした。

改めて、香盤表に書かれた彼女の名前を見る。

『シーシャ役：高橋結衣』の一文に、由美子は指を置いた。

「結衣ちゃんか……。このシーシャって、そんな重要な役どころなの？」

由美子が読んだ原作の範囲には、登場しなかったキャラクターだ。

はたいてきた挙句に突然話を戻した由美子に、千佳は釈然としていなかったが、追及はしなかった。

気を取り直して、千佳は答える。

「ええ。シーシャはシガレットの姉で、同じギタリストでもあるの。彼女は妹のシガレットよりすべてが優秀な姉で、シガレットはそんな姉がずっとコンプレックスだった。そして妹を嫌うシーシャは、シガレットの代わりに自分をバンドに入れるよう言ってくる。自分のほうが優秀なギターだからって。それを覆すため、シガレットは彼女とギター対決をする……」

「…………………」

少し――、似ている、かもしれない。

千佳と結衣の関係に、だ。

高橋結衣は天賦の才の持ち主で、参考にした人の演技を簡単に取り込んでしまう。

夕暮夕陽を尊敬する結衣は、千佳の演技を真似するようになり、やがて本家さえも超える力を身に付けてしまった。

夕暮夕陽がオーディションに落ちた役を、結衣はいくつも手にしているそうだ。

それを気に病んだ結衣のために、千佳と由美子は彼女を超える演技を必死に見せつけた。

そして千佳は、「常にあなたの上にいくから、安心して人の真似でもしてなさい」と結衣に言い放ったのだ。

あれがなければ、結衣と千佳の関係は壊れていただろうし、結衣はどこかで潰れていたかもしれない。

すべてを上回る姉と、欠けた妹との対決。

結衣と千佳を見てきた由美子には、共通点があるように感じてしまう。

千佳は台本に目を落とし、静かに呟く。

「わたしと彼女の関係が、影響しているとは思わない。でも、わたしありきで彼女がキャスティングされたのは間違いないと思う。高橋さんは、いくらでもわたしの演技に寄せられるから。実の姉役として、これ以上ないほどの説得力が出るわ」

元々結衣の演技の主軸は、夕暮夕陽。

初めて隣で耳にしたときの衝撃は忘れられない。ぞっとするほど似ていたからだ。

声も喋り方も似ているのだから、肉親の役としてはぴったりだ。

そして、すべてを上回る姉役、というのもマッチしていた。

夕暮夕陽をベースにして、高橋結衣はいろんな人の演技を取り込んでいる。

夕暮夕陽より上手い夕暮夕陽の演技を、彼女はしてみせる。
マショナさんの現場では、その事実に千佳はとことん打ちのめされていた。
これ以上ないほどのキャスティングである。
だが。
「でも渡辺は、絶対に演技で勝たなくちゃいけない……」
由美子の言葉に、千佳はこくんと頷く。
千佳が演じるシガレットは、ギター勝負でシーシャを打ち負かす。
常に劣っていた妹が、初めて姉を超える。
ギターは当然として、演技力でも千佳は結衣を超えなければならない。
それができなければ、作品の説得力が損なわれてしまう。
「それに、彼女との約束もあるしね……」
千佳はため息を吐く。
夕暮夕陽は常に結衣の上にいる、という約束だ。
その約束を破れば、結衣はこれから先、全力を出すことができなくなるかもしれない。
プライドの側面が大きいのだろうが、それでも先輩らしい姿だった。
初めて出会った頃を考えると、彼女の成長を感じるが……。
心配は覚える。

「……渡辺、いける？」

弱々しい声になってしまったのも、仕方がないと思う。

確かに以前、千佳は結衣を超える演技をしてみせた。

でもあれは、由美子と千佳が必死で協力し、反則ギリギリの森のアドバイスを勝手に使って、こっぴどく怒られることを覚悟して、そのうえでようやく届いた演技だ。

この現場に由美子はいない。

千佳はひとりで、結衣を超えなくてはならない。

人の演技を容易く真似し、あっさりとその上を見せつけてくる天才を相手に。

それはどんなに、おそろしくて高い壁だろうか。

けれど、千佳は不遜に鼻を鳴らしてみせた。

「あなたに心配される謂れはないわ。高橋さんも佐藤も、わたしの前には絶対行かせない。あなたたち後輩は、せいぜいわたしの背中を見ているといいわ」

ふてぶてしい態度を見て、由美子はむしろほっとする。

今の千佳はどこか達観しているというか、覚悟を決めている。

前向きな姿勢で、結衣との収録に挑もうとしていた。

あの負けず嫌いの渡辺千佳が、負けっぱなしで大人しくしているはずもない。

……それに。

さっきの発言に、由美子の名が入っているのを見るに。

歌種やすみが大きなチャンスを手にしているのも、彼女の闘志に影響していそうだ。

やっぱり、彼女はこうでなくちゃいけない。

負けず嫌いで、孤高で、常に上を見ていて、格好良いのが夕暮夕陽だ。

そう感じたものの、それを素直に表現したくないし、おそらく彼女も望んでいないので。

混ぜっ返すことにする。

「先輩面やめてくんない？　後輩はあんたのほうでしょうが。あたし芸歴四年目。あんた三年目。先輩に対する口の利き方を教えてあげようかぁ？」

「何度も言わせないで頂戴。わたしは劇団に入っていたから、役者としての芸歴は五年目なの。その言葉、そっくりそのままお返しするわ、後輩」

ぐぬぬ、と顔を突き合わせて互いを威嚇する。

しかし、ふたり同時にふっと力を抜いた。

いがみ合うには、シチュエーションがよくない。

一応、風邪で学校を休んだ子と、そのお見舞いに来たクラスメイトだ。

だから、これだけ伝えることにした。

「頑張ってよ、お姉ちゃん」

「ええ」

短い返事に、頼もしさを感じる。

由美子としても、夕暮夕陽が負ける姿なんて絶対に見たくない。

彼女には、生意気に不敵に立っていてもらわないと、ライバルとして困るのだ。

だからせめてもの応援として、由美子は提案をする。

「それじゃ、ご飯作ったげるよ。思ったより食べられそうだけど、うどんでいい？　生姜入りのやつ」

「えぇ。せっかくだから、お願いしようかしら……。あぁ、わたしも手伝――」

「千佳ちゃんは、Vチェックしてて。ね。大事な役どころなんだから。ね」

何か言いたげな千佳を置いて、由美子はさっさと部屋から退出する。

千佳に手伝われたら、絶対に余計な手間がかかる。簡単なうどんにもかかわらず。

でも、あれだけ元気なら、もっと手の込んだものにしてもよかったな。

ちょっぴり後悔しながら、清潔に保たれた廊下を戻っていく。

そうしてひとりになると、引っ掛かっていた気持ちがひょこっと顔を出した。

「……訊ける空気じゃなくなっちゃったな」

ゆるく巻いた髪に、指を絡ませる。

彼女の進学先の話だ。

いやまぁ、さらっと訊けばいいだけなので、空気も何もないのだけれど。

でもやっぱり、なんとなく訊きづらい……。

由美子は大人しくキッチンに引っ込み、買ってきた材料で手早くうどんを作る。

広くて綺麗なキッチンを堪能していたが、簡単なのでササっとできてしまった。

テーブルにうどんを並べて、千佳を部屋に呼びに行く。

「お姉ちゃーん。ご飯できた、よー……」

部屋を覗くと、自然と声が小さくなっていく。

彼女は台本を手に持ち、画面に釘付けになっていた。

あまりにも真剣な横顔に、しばし目を奪われる。

見惚れてしまった。

普段は子供っぽくて、口も性根も悪くて、イライラすることが多いのに。

今だって、部屋着で、髪も雑に分けていて、お世辞にも整った格好とは言えないのに。

なんで、こんなにも格好よく見えるのだろう。

しばらくの間、由美子は呆けたように彼女に見入っていた。

ここまで集中している彼女を邪魔するのは忍びないが、うどんは待ってくれない。

申し訳なく思いながら、「渡辺、ご飯」と改めて声を掛けた。

「ごはん」

千佳は顔をぱっとこちらに向けると、すぐに表情を明るくさせた。

さっきまでめちゃくちゃ凜々しかったくせに、今は幼子のような無邪気さ。

こういうところは、本当かわいいんだけどなあ。

可愛さと格好よさのギャップがずるいよ。

「「いただきます」」

ふたりで向かい合わせに座り、湯気を立てるうどんの前に手を合わせた。

生姜たっぷり、ネギたっぷり、溶き卵も入れた風邪対策用おうどんだ。

千佳は早速箸を取り、ズルズルとうどんを啜った。

気持ちよく啜ったあと、すぐにこちらを見た。こくこくと頷く。

口元に手を当てながら、感激した声を上げた。

「おいしい！　おいしいわ……。物凄く生姜が利いているのに、全然嫌味がない……。これは温まるわね……。はぁ、お出汁もおいしい……」

出汁を飲んで、ほうっと幸せそうな息を吐いている。

うどんにしたことをちょっと後悔したけど、これだけ喜んでくれたのだから、よかったな、とも思う。

温まるのも事実だった。生姜が溶けた出汁が、身体に染み渡っていく。

千佳も由美子もお腹がすいていたようで、しばらく無言でズルズルしていた。

若菜たちと遊んでから来たので、すっかり晩ご飯時だ。

そこで思い出す。

そういえば、若菜に訊いておくよう言われていた。

「あのさ、渡辺。卒業旅行行かない？」

進路の話と違って、さらっと訊いてしまえる。

まぁ普段の誘いと変わらないし、千佳は行かないような気もするし。

あくまで由美子は代理で訊いているのであって、自分の意思と関係がないのも大きい。

だから何の気負いもなく、尋ねたのだが――。

千佳の返答で意味が一変する。

千佳は顔を上げて、すぐさまこう返してきたのだ。

「ふたりで？」

短い言葉からは、声の温度が読み取れない。

んなわけないだろ。

反射的に言い返さなかったのは、戸惑ったからだ。

確かに由美子は、『若菜たちと』とは付けなかったし、行くメンバーも言い忘れたけれど――、よりによって、ふたりなわけがないだろう。

このふたりで、旅行、だなんて。

けれど、その返答に意識がいってしまう。

「うん、ふたりで」と答えたら、どうなるのだろう。

彼女は、それなら行く、と頷くのか、それなら行かない、と首を横に振るのか。

付き合いが長い由美子にも、わからなかった。

それとも、ツッコミ待ちだったのだろうか。

んなわけないだろ、とテンポよく言えばよかったのだろうか。

千佳は小ボケのつもりだったのに、由美子のせいで変な空気になっている？

由美子はたった四文字で、感情をぐちゃぐちゃにされてしまった。

結果的に、何の面白味もない答えを口にする。

「や——、若菜たちと、だけど。若菜と委員長と……、あとだれって言ってたかな……。詳細は決まってないんだけど……、若菜たちがあんたも誘えってうるさいから」

「ふうん」

千佳は気のない返事をする。

もしツッコミ待ちだったとしても、千佳は改めて「今のはボケ」と言うタイプではない。

先ほどの言葉はどういう意図だったのか、わからなくなってしまった。

まさか、由美子のほうから聞き返すわけにもいかない。

ひとりモヤモヤしていると、意外にも千佳は瞬時に断ることはなかった。

うどんに目を落としながら、なんてことはないように答える。

「まぁ、スケジュール次第ではあるけれど……、一度くらい経験しておくべきかしらね。考えておくわ」

千佳はそう言って、さっさとうどんに戻った。

文化祭の件を経て、彼女も経験のなさを気にするようになったらしい。

卒業旅行なんてなかなか行けるものではないし、得難い経験になる。

結局はそれも声優である『夕暮夕陽』の糧にするためであって、渡辺千佳としてはどうでもいいんだろうけど……、彼女らしくもあった。

「………………」

由美子は己を落ち着かせるように、黙って温かい出汁を飲む。

さっきからペースが狂いっぱなしで、どうにも戻る気配もなかった。

◆

由美子がお見舞いにやってきた、数日後。

千佳はひとり、アフレコスタジオに向かっていた。

今日は珍しく日差しが暖かく、冬の風も普段より冷たくはない。

それでもしっかりと着込んで、身体を冷気から守っていた。

警戒はしているが、体調は万全だ。

元々大した風邪ではなかったが、しっかり休んで完璧に治してある。

由美子の作ってくれた、生姜たっぷりおうどんも効いたのだろう。

あれ、おいしかったな……。

ぽやぁっとしそうになったのを、千佳は頭を振って無理やりほどく。

これから大事な収録だ。

この日のために、いつも以上に念入りに準備してきた。

今から自分は、あの高橋結衣と競うことになる。

それに。

「あんなものを見せられればね……」

部屋でひとり、『マオウノユウタイ』での歌種やすみの演技を聴いて、それに伴う反応を見て、落ち着いてなどいられなかった。

学校を休んでまで、Vチェックをしていたのはそこも大きい。

歌種やすみがすぐそばまで迫っていると考えると、お腹の奥がカッと熱くなる。

ふたりの後輩の躍進を前にして、千佳はこれ以上ないほど気合が入っていた。

見ていろ、と手に力を込める。

自分の前には、だれも行かせはしない。

「あ、おはよう、夕陽ちゃん。今日もよろしくね」

アフレコスタジオが見えてきたところで、ほかのキャストに声を掛けられた。

ボーカルのモモ役、桜並木乙女だ。

「はい。よろしくお願いします」

穏やかに微笑む乙女とともに、入り口に足を進める。

『屋上のルミナス』では、千佳も乙女もメインキャラクターを務めている。

入り時間がかぶることは多かった。

「夕陽ちゃん。今日は頑張って」

乙女がきゅっと握った拳を持ち上げるので、千佳は「はい」と頷いた。

今回からしばらく、千佳が演じるシガレットが話の中心となる。

必然的に出番やセリフも多くなった。大事な場面や難しいシーンも連続する。

乙女が応援の声を掛けるのは何らおかしくないが、千佳はやはり結衣との対峙を想起した。

頑張って、と言われるほどの踏ん張りどころだ。

そう考えていると。

「おっはようございまーす！」

「ぐえっ」

突如、背中に激しい衝撃を覚えて、千佳の口から潰れた声が飛び出す。

痛みに振り返ると、腰に腕を絡ませてくる後輩がいた。

人に全力でぶつかっておいて、好き勝手に顔を擦りつけてくる。

犬か？

千佳はげんなりしながら、再三にわたる注意を彼女にもう一度繰り返した。

「あのね、高橋さん……。あなたには学習能力がないの……？　本当に何度も言っているけれど、抱き着くのはやめて頂戴……」

「やだなあ、夕陽先輩。高橋に学習能力がないから、抱き着くのをやめないと思ってたんですか？　高橋はやりたいからやってるだけですよ！」

「……………………」

なんだこいつ。

夕暮夕陽を尊敬していると言って憚らない彼女だが、夕暮夕陽を一番ナメているのは彼女だと思う。

高橋結衣。

ブルークラウン所属の二年目で、千佳の後輩だ。

真冬でも室内プールに通い、スノボーを趣味にする彼女は、この季節でもこんがり日焼けしている。小さな身体に黒いセーラー服を着て、そのうえに猫のスカジャンを羽織っていた。彼女がはしゃぐたびにスカートが揺れて、脚の日焼け跡がちらちら見える。

小柄なこともあって幼く見えるが、顔立ちはとても整っている。出会った頃からしばらく経つせいか、以前より大人びて見えた。

千佳に対するアタックの仕方は、あまりに子供っぽいけれど。

突然の結衣の登場に、乙女が顔をほころばせる。

「わ、結衣ちゃん、なんだか久々な気がするね！　今日はよろしくね！」

「はい！　よろしくお願いします、乙女先輩！　ティアラのメンバーで収録できると、やっぱり嬉しいですね！」

結衣は乙女と手を握り合って、きゃいきゃいとはしゃいでいた。

夕暮夕陽が絡まなければ、基本的に結衣は素直で良い後輩ではある。

性格的にも、このふたりは相性が良さそうだった。

三人でスタジオの廊下を歩いていると、結衣がご機嫌に笑う。

「いやぁ、高橋すごく嬉しいです！　ゲストキャラですけど、夕陽先輩たちといっしょにアフレコできるなんて！　呼んでもらえて、感激です！」

「あぁそう」

顔をぐいぐい近付けてくる結衣に、千佳はそっけない声を返す。

――わたしは嬉しくなかったわ。

喉まで出かけた言葉を仕舞ったのは、自意識過剰だったかもしれない。

やかましい後輩といっしょになって、げんなりしているのは事実なのに。

今それを言えば、別の意味に捉えられるかも、なんて考えてしまった。

そんな千佳の心境には当然気付かず、結衣はなおも嬉しそうに手振りをまじえる。

「しかも、夕陽先輩の姉役！　高橋が夕陽先輩のお姉ちゃんなんて！　どうですか、夕陽先輩。高橋のことを、一度お姉ちゃんと呼んでみませんか？」

「気持ち悪……」

「き、気持ち悪い……⁉　な、なんでですかぁ！」

「あなたの場合、やけに湿度が高くて嫌なのよ……」

悲鳴を上げる結衣に、千佳は引きながら答える。

どこぞのギャルはカラっとしているが、彼女の場合はじっとりしていた。

お姉ちゃんなんて呼んだら、取り返しのつかないことになりそうだ。

気持ち悪いと言われてショックを受けている（被害者面むかつく）結衣を前に、乙女は小首を傾げた。

「結衣ちゃんって、夕陽ちゃんより年下なのにお姉ちゃん呼びは変じゃない？」

そこ？　というところを乙女が突っ込む。

それを言い出したら、由美子だって誕生日は彼女のほうが先だが。

結衣は、「そうですか～？　呼んでほしかったな～……」と諦めきれていないようだったが、突然、頭を振った。

むん、と大袈裟に拳を握って、唸るように口を開く。

「まぁいいです。高橋はアフレコで、夕陽先輩のお姉ちゃんであることを証明しますから。いっぱい研究してきましたからね！　成果を見せますよ！」

結衣は、腕を掲げて気合を入れていた。

乙女が「アフレコでお姉ちゃん……？　やわらかい感じでやるとか？」と興味を示す。

彼女は彼女で、お姉さん役をやることが多いから気になるのかもしれない。

結衣は、よくぞ聞いてくれました！　とばかりに腰に手を当てた。

「いえ、姉妹であることを強調するんです！　声質がそんなに変わらないので、喋り方を似せれば実の姉妹っぽく聞こえると思うんです。あとは高橋がどれだけ夕陽先輩に寄せていけるか、ですね！　そのために夕陽先輩の演技、物凄く観てきたんです！」

「…………………」

それは、千佳も考えたことだ。

声質、話し方がともに似ていれば、肉親としての説得力がぐっと増す。

言ってしまえば、それは高橋結衣の十八番。

呼ばれた、という発言から、オーディションではなくオファーでここに来たのだろう。

音響監督か監督の判断かはわからないが、結衣の使い方を心得ている。

結衣はこれまで以上に夕暮夕陽を研究し、本物の姉のような演技をするはずだ。

〝妹より優秀な姉〟として。

厳しい闘いになりそうだ、と千佳はそっと唇を噛む。

そこで、結衣の視線に気付いた。

いつの間にか結衣は、千佳の横顔を穴が開くほど見つめている。

彼女の瞳が、やけに黒く見えた。

千佳と目が合うと、顔がくっつきそうになるほど近付けてくる。

真っ黒い瞳のまま、やけにスローペースで首を傾げた。

「夕陽先輩。あのときの約束、覚えていますよね。夕陽先輩は、常に高橋の上をいってくれる。高橋が真似できない場所にいてくれる。全力の高橋を、打ち破ってくれる。そう約束してくれました。それが楽しみで、今日も準備してきたんです。だから——、お願いしますね？」

「…………」

ぞっとするような囁き声で、不穏なことを口にする。

当然そのつもりだというのに、結衣の声の重さに千佳は返事ができなかった。

あぁ、本当に。

夕暮夕陽が絡まなければ、彼女は良い後輩なのだが。

そろそろ始めまーす、という音響監督の声がブース内に響き、それぞれ声優が「よろしくお願いします！」と挨拶を返した。

先ほどまで緩かったブース内の空気が、徐々に張り詰めたものに変わっていく。

真ん中に座っていた千佳、乙女、結衣は一斉に立ち上がり、マイクの前に立った。

何も音が浮かばないブースの中では、自分の息遣いまで聞こえてきそうだ。

珍しく緊張を覚えた千佳は、どうにか振り払おうと目を瞑る。

その間に、目の前のモニターに映像が映し出された。

その映像に合わせて、乙女、千佳がマイクに声を吹き込んでいく。

「シガレット……、どうかした？　今日、あんまり集中できてないみたいだけど……」

「あ、あぁ……、うん。ごめん……、ちょっと気になることがあって。あのさ、伝えておきたいんだけど……。きっとこのバンドに――」

「あぁ、梨乃。ここがあなたの居場所ってわけ？　ふうん、いいじゃない」

横から介入してきた声に、千佳はぞくりとする。

思わず、隣の結衣を見そうになってしまった。

「ゆ、柚乃！　あぁもう、何しに来たの……！」

動揺がそのまま演技に乗ってしまう。

ディレクションで突っ込まれるな、と唇を噛みたくなったが、アフレコは止まらない。

「失礼ですが、あなたは？　部外者は立ち入らないでもらいたいんですが」

「部外者……、ではないかもよ。梨乃……、あぁ、ここではシガレット、だっけ。わたしはこの子の姉だから。そうね――、シーシャ、とでも呼んでもらおうかな？」

「姉……⁉」

乙女の驚きの声が、千佳の耳にはぼんやりと聞こえた。

結衣の声に、あまりに意識を割かれてしまったから。

――そっくりだ。

声の出し方、抑揚の付け方、息継ぎのタイミング、声の温度――、すべてが千佳と瓜二つ。

『魔女見習いのマショナさん』のときも、かなり千佳に似ていたものの――、あれは千佳の演技を参考にしているうちに、自然と近付いてしまった……、という感じだった。

今回は、明らかに意図的。

ただでさえ声質が似ているのに、ここまで寄せられると、本人としては不気味とさえ思う。

そして、結衣の目論見は当たった。

ここまでそっくりだと、姉であることへの説得力が段違いに増す。

まるで、本当に血の繋がった姉妹のようだ。

千佳の演技をベースにして、そこにさらに余裕を加え、やわらかさを増し、奥底にいやらしさを混ぜ込んでいる。

いくら何でもチューニングが上手すぎるし、アレンジされる側としては腹も立つ。

視界の隅で、結衣の演技にぽかんとしている新人の顔が見えた。

結衣も新人だが……、余裕たっぷりで演技を続けていく。

「わたしもね、ギターをやるの。その子より、断然上手いわよ。どう？　シガレットの代わりに、わたしをバンドに入れてみない？」

「何を言って――」

「その子より上手いんだから、拒否する理由なんてないでしょう？　ま、ギターの腕なんて関係ないのかもしれないけど。シガレットが入れるバンドだものねえ」

意地の悪い声で、結衣は囁く。

ざらっとした悪意が不快感を強めた。見事な表現力に、千佳は眉を寄せる。

こんな演技、千佳はしたことがない。

これもまた、だれかの真似なのだろう。

彼女の嫌なところは、人の演技をさっさと自分のものにしてしまうことだ。

本当に、いいとこ取りで嫌になる。

千佳が打ちのめされているうちに、Aパートの収録が終わっていた。

音響監督が調整室からマイクを使い、演技についてのディレクションを行っていく。

『高橋さん。最初の登場シーンなんだけど、もうちょっと妖艶にしてくれると、嬉しい』

「え、妖艶……、ですか？」

『うん。高校生にこんなことを言うのも、申し訳ないんだけど』

その言葉で、周りの声優が「確かに」と笑う。

結衣は迷ったように視線を彷徨わせながら、マイクの前に立った。

声優にとって、演技の引き出しはとても重要だ。

音響監督のディレクションに従って、いかに求められた演技を出せるか。

それができなければ、その人の評価はどうしても下がってしまう。

ベテランほど、言われたとおりの演技をさらっとこなす。その技術と引き出しがあるからこそ、生き残っていることがよくわかる。

かつて、歌種やすみがファントムでリテイクを喰らいまくったのも、引き出しの少なさが原因のひとつと言えた。

結衣は「妖艶……」と無表情で呟き、どうすべきか悩んでいるようだった。

これは、経験とも直結する問題。

もしかしたら、二年目の高橋結衣が持つ、唯一の弱点かもしれない――。

そこに、音響監督の一言が入る。

『うーん、そうだな。安田さん、わかるかな。安田朋さん。あの人みたいな感じでやってほしいんだけど――』

「あ、安田さんですね！　お仕事ご一緒したことあります！　それならできます！」

結衣はパっと顔を明るくさせて、喉に手をやった。

千佳は思わず、ミキサールームを見てしまう。

ディレクションで、別の声優の名前を出すなんて前代未聞だ。

だれそれさんと同じ感じでやってください、なんて普通は言わない。

けれどそれは高橋結衣にとって、これ以上ないほど的確なアドバイスだった。

「あぁ――、梨乃。ここがあなたの居場所ってわけ？　ふうん……、いいじゃない」

その演技を聴いて、千佳は今度こそ唇を噛んだ。

少しだけ吐息が入り混じり、声の端々の浮き沈みが強調されている。

結衣の声色に一気に色気が増して、シーシャの底知れなさが強くなった。

さっきより、何倍も魅力的だ。

安田朋は中堅の女性声優で、いわゆるお色気お姉さん役の代表格。

その要素をすっかり取り込んで、結衣は己の演技を高めていた。

音響監督がタブーギリギリのディレクションを行ったのは、この瞬発力が欲しかったのだろう。

ここまで見事に高橋結衣を使いこなされては、何も言えない。

音響監督にとっても、こんなに使いやすい声優はいないかもしれない。

スピーカー越しに、満足そうな音響監督の声が届いた。

『頂きました。ばっちりです』

「あ、はい！　ありがとうございます！」

結衣は笑顔で、元気のいい声を返す。

千佳はその背中を見つめながら、暗澹たる思いを抱いていた。

——すべてにおいて、上にいかれている。

「…………」

シーシャは、シガレットの姉。

ギターの腕も容姿も自信も、すべてが上というキャラクター。

だから今この場において、千佳が結衣より劣っていることに、問題はない。

これが意図したものなら、本当に問題はないのだが……。

最終話では、シガレットがシーシャに勝負で打ち勝ち、ギターのポジションを守ることになっている。

千佳は結衣との約束とは関係なく、絶対に結衣の演技を超えなくてはならない。

そうでなければ、説得力が出ない。

もし、できなければ——、結衣の演技を落としてもらうことになる、かもしれない。

そんなことは、絶対にさせてはいけない。

絶対に。

作品のためにも、自分のためにも、結衣のためにも。

けれど――、自分は、結衣を超える演技ができるのだろうか。

千佳だって、楽観的な気持ちでこのスタジオに来たわけではない。

学校を休んでまで念入りにVチェックを行い、集中力を高め、由美子にこの状況を話して自分を追い込んだ。

後輩に負けるわけにはいかない、由美子に前を行かせない、という意志は力になった。

なにより、マショナさんのときとは違う。

あれから数ヶ月が経ち、千佳は由美子とともにいろんな現場を駆け抜けた。

実力がついている自負があるし、経験から宿る力も理解した。

だって、そばで由美子を見てきたのだから。

だから経験を得るために卒業旅行にも前向きだったし、これからも得ようとするだろう。

そして前提として――、シガレットは千佳がオーディションで勝ち取った役。

この話数まで、ともに歩んだキャラクター。

シガレットのことを深く考え、理解しようとし、想像して、声を吹き込んだキャラだ。

彼女の声として選ばれた自信も、責任も、思い入れだってあるのに。

だというのに――、結衣はそれらすべてをあざ笑うかのように高く超えてしまった。

軽々しく頭上を跳ぶ後輩を見上げ、千佳は呆然としている。

あんな、おそろしい才能を持った声優相手に。

打ち勝てるのだろうか。

心臓が、嫌なリズムで千佳の身体を蝕む。

よく見知ったスタジオブースが、まるで知らない世界のように思えた。


その日の収録を終えて、ブースの中で「ありがとうございました！」と声が重なる。

千佳も声を出したけれど、上手く発声できたかは自信がない。

すぐに立ち上がる気にはなれず、ほかの人がブースから出て行くのを待っていた。

すると、目の前に影が差す。

「夕陽先輩」

結衣が、千佳の前に立っていた。

照明が逆光になって、彼女の表情がよく見えない。

真っ暗な顔のまま、結衣が微笑んだことだけがわかる。

「今日は帰ります。次の収録、楽しみにしていますね――――」

「……………………」

彼女は一方的に告げて、ブースから立ち去った。
普段ならいっしょに帰ろう、どこかに寄ろう、とやかましいくらいなのに。
いつまでもブースにいるわけにもいかず、千佳もその場から離れた。
いつもどおり挨拶をしてから、スタジオの廊下を歩く。
自販機を見つけたので、塩気が欲しくなって味噌汁の缶を購入した。
廊下に用意されたソファに腰掛けて、それをちびりちびりと飲む。
そっけない味噌汁の味は、どこか物足りなさを感じた。
それでも飲み続けていたが――、ぴたりと、缶を持ち上げる手が止まる。

「…………………っ」

震える手で、缶を握りしめる。
スチール缶なのでいくら力を込めても潰れはせず、震えがより強くなるだけだった。
力のぶつけどころがわからず、手が真っ白になるまで握り続ける。
悔しかった。
ただ、悔しかった。
後輩に、いいように翻弄されて。
圧倒的な差を見せつけられて。才能を示されて。

あれでは、夕暮夕陽は高橋結衣の下位互換だ。

劣っている。

負けている。

彼女は千佳の背中を軽く撫でてから、颯爽と前を歩こうとしている。

そんなもの、絶対に許せるわけがない。

だれも、自分の前を歩かせたくない。

もし抜かれるとしても——、その相手は、歌種やすみだけだ。

自分の前を歩いていいのは、彼女だけ。

だから絶対に、抜かれるわけにはいかなかった。

いかなかった、のに。

その思いが、手が痛くなるほどに強くなる。

ただ黙って、しばらく缶を握りしめていた。

「大丈夫？　夕陽ちゃん」

「…………………。……桜並木さん」

そう声を掛けてきたのは、乙女だった。

彼女は心配そうな表情で、千佳の顔を覗き込んでいる。

場を和ませようとしたのか、「アフレコ現場でそれ飲んでる人、初めて見たかも」と千佳の味噌汁缶を指差して微笑む。

愛想笑いもしない千佳に、乙女は気まずそうに目を逸らした。

彼女も自販機で飲み物を買い、ぽすん、と千佳の隣に腰掛ける。

何か言うわけでもなく、手慰みのように缶を手の中で転がしていた。

おそらく乙女は、千佳が何に打ちのめされて、何を思っているのか、わかっている。

こんな無愛想な後輩にも、良き先輩でいてくれようとしていた。

「……桜並木さん」

「なあに？」

「追われる恐怖って、桜並木さんにはわかりますか」

「わかるよ」

あまりにもあっさり返ってくるものだから、千佳は目を瞬かせる。

即答だったせいで、本当に千佳の言いたいことがわかっているのか、悩んだ。

それが伝わったらしく、乙女は静かに笑う。

「後輩や同期たちが、後ろから追いついてくる。いつの間にか、追い抜かれそうになっている。

それが怖くて怖くて、仕方がないって話だよね？」

「……そうです」

正しく伝わっていたが、それはそれで意外だった。

乙女は若手のトップで、前をひた走る声優だ。

それだけに追う人数も多いだろうが、性格的にも実力的にも、彼女はあまり気にしないと思っていたから。

「わかるよ～、わたしは夕陽ちゃんより先輩で年上なんだよ？」

えっへん、と乙女はわざとらしく胸を張る。

照れくさそうに笑ってから、視線を前に向けた。

「前はそうでもなかったけどね……。でも今は、すごく意識してる。夕陽ちゃんも、結衣ちゃんも、やすみちゃんもね。入れ替わりが激しい業界だもの、後輩にはいつも怯えてるよ」

シビアな話の割に乙女は笑顔を絶やさず、こちらを見る。

そうしてからはっきりと、「怖いよね」と告げた。

「……はい」

怖い。

『魔女見習いのマショナさん』のときにも感じた恐怖が、くっきりした輪郭を帯びて千佳に襲い掛かっていた。

結衣はやろうと思えば、千佳に取って代われる能力を持っている。

歌種やすみは実力を認められ始め、千佳の背中に迫っている。

結衣が千佳のやるような役をすべて手に入れ、由美子が勢いのまま千佳を抜き去る。ありえない妄想、と一笑に付すことはできない、質感が伴った危機感。

意識するだけで、暗い穴に落ちていくような恐怖を覚えた。

それでも乙女は、にっこりと微笑んでから頷く。

「でもわたしはね、絶対に抜かせないよ。追いつかせない。どんな子よりも前に立って、一等賞を目指すんだ」

その瞳には、以前にはない力強い光が感じられた。

千佳がぼうっと彼女の横顔を見つめていると、彼女は独り言のように続ける。

「苦しいとは思うよ。だれかを追いかけるより、ずっとずっと苦しい。嫌だな、って思うこともあるけど……、それでも、わたしは頑張るよ」

「…………………」

その声色に切実な想いが込められているのは、千佳にもわかった。

追いかけることが楽だ、とは言わない。

由美子は千佳の背中が遠ざかったことに取り乱していたし、秋空紅葉が挫折した原因も追うことができなくなったから。

追う側の苦悩は、当然ある。

でも――、目標に向かって走るよりも、抜かれないことを目標にするほうが辛い、と思う。

終わらない持久走を強いられているようなものだ。

　この先、ずっと歌種やすみの前に立とうというのなら、自分は延々とこの恐怖と闘わなくてはならない。

　結衣を相手に、歯を食いしばらないといけない。

　解放されるのは、負けたときと諦めたときだけ。

　乙女はこちらを見て、穏やかな声で言う。

「力を抜いたほうが、楽だとは思うよ。ほかの人なんて関係ない、自分のペースで頑張ります、ってゆっくり走るほうが。道のりは長いし……。実際、先輩にはそういう人もいるし。それを見ていると、肩の荷が下りてる感じがして……、いいな、とも思うけど」

　千佳にも覚えがある。

　自分たち新人は、良くも悪くもギラギラしている。この業界に残ろうと必死だ。

　芸歴を重ねてポジションが安定してくると、「こんな感じで仕事ができていれば、まぁいいかな」と落ち着く先輩は少なくない。

　がむしゃらに仕事を求め、負けたくない、と牙を剝く自分たちより、よっぽど健全だ。

　けれど。

　乙女はこちらを覗き込み、薄く微笑んだ。

「でも夕陽ちゃんは、それができるタイプじゃないでしょ？」

「……そうですね」

どれだけしんどくても、苦しくても、それでも千佳は走る力を緩めない。

必死になって、歌種やすみの前を走り続けるだろう。

呼吸が荒くなって、みっともなくて、ずっと苦しむことになっても。

それは決して、簡単なことではないけれど。

夕暮夕陽が夕暮夕陽であるために、必要なことだった。

千佳の気持ちが少しは上向いてきたのがわかったのか、乙女はそっと顔を近付けてくる。

「それでね、夕陽ちゃん。夕陽ちゃんにとって大事なことは、〝前を行くこと〟だと思うんだ。重要なのはその一点。だからそのためには、ほかを諦める……、って言い方は間違ってるか。一番大事なことを見失わないようにね」

「……？」

抽象的な乙女の言葉に、千佳は首を傾げる。

何を示しているのか、千佳にはわからなかった。

乙女は、丁寧に説明する気はないらしい。

この話題はこれで終わり、とばかりに静かに笑みを浮かべた。

そして、今度はおずおずと別の話題を持ち出してくる。

「それとね……。わたしから、ひとつだけ言ってもいいかな？　お節介なんだけど……」

「なんですか」

「夕陽ちゃんは、やすみちゃんのことどう思ってるの？」

その質問には眉を顰めてしまう。意図が読めなかった。

怪訝な顔で、「……恋バナですか？」と尋ねる。

そこで聞き方を間違えたと悟った乙女は、難しい顔で額に指をやった。

「ええと……、言い方が悪かったね……。なんて言えばいいかなぁ……。夕陽ちゃんは、これからもやすみちゃんと、いっしょにいたいとは思わない？」

「思いませんが……」

「あぅ……、また言い方間違えたね……」

乙女はううん、と頭を振る。長い髪が花のように揺れた。

こういうふうに変に不器用なところは、いつもの桜並木乙女、という感じだけれど。

乙女は咳払いをしてから、確かめるように口を開いていった。

「やすみちゃんと、ライバルでいたいか……、ってことかな。夕陽ちゃんたちって、もう高校を卒業しちゃうよね？　当たり前にいっしょにいた時間が、もうなくなっちゃう。ふたりはまだ実感してないだろうけど、それってすっごく大きなことでね。でもふたりはそれに気付いてなくて、ただ離れちゃうんじゃないかって……。実際、どう思ってるのかなって」

「…………」

千佳は、由美子の進学先を知らない。

高校を卒業し、ラジオが終わってしまったら、定期的に会うことは完全になくなる。

今まで交流があったのは、学校や番組があったから。

その強い影響がすっぱりなくなったら、自分たちはバラバラになるかもしれない。

内心でライバルだとは思いつつも、何年も再会しないこともあり得る。

理由もなく、会おうと言う間柄では決してなかった。

乙女の懸念点は、そこだ。

ラジオはともかく、現時点で既に学校で会うこともなくなった。

「わたしはね、それが心配なんだ。案外、関係なんて簡単に消えちゃうものだよ。あとからそれを修復したくなっても、ずっとずっと遠まわりになるかもしれない。……経験者が言うんだから、説得力あるでしょ？」

乙女は困ったように笑う。

彼女の言う経験とは、秋空紅葉のことだ。

桜並木乙女と秋空紅葉はライバル関係にありながら、トラブルに見舞われ、再会するまでに何年も掛かってしまった。

同じことが千佳と由美子に訪れない、とは言い切れない。

黙り込む千佳に、乙女はぎこちなく微笑んだ。

「でも今なら、ほんの少し素直な気持ちを伝えるだけで、ふたりの関係の糸は途切れないかもしれない。それって、すごく素敵なことだと思うんだ。……違うかな？」

乙女が、千佳の顔を覗き込んでくる。

彼女は、己の境遇を千佳たちに重ねている。

自分と同じ失敗を後輩にはしてほしくない、という彼女らしい純粋な善意だ。

ただ、乙女たちと千佳たちでは、決定的に違うところがある。

「……どうでしょうね」

千佳は無表情で答える。

乙女は困ったように笑うばかりで、それ以上言葉を重ねるつもりはないようだ。

乙女は誤解している。

別に千佳は、由美子といっしょにいたいわけじゃない。

仲良しこよしをしたいわけじゃなかった。

それを説明するのもまぬけに感じ、適当な言葉で話を打ち切ってしまう。

乙女の助言を聞いても、千佳が何か行動を起こすことはない。

ただ、ひとつ。

思うところはあった。

千佳は、結衣の演技を超えなければならないが――、以前、それを果たしたことがある。

そのときそばにいたのは、相方である歌種やすみだった。

由美子がいて、肩を並べて、限界以上の演技を引き出せたから。

悔しい話だが、彼女がそばにいれば自分はいつもよりも高く跳べる。

だから——、彼女に助けを求めれば。

そんな大袈裟な話にせずとも、相談に乗ってもらったり、話を聞いてもらったら。

結衣を超える打開策が、見つかるかもしれない。

そう考えると同時に、自室で観たあの演技が頭の中に再生される。

その瞬間、全身の血がカッと熱くなった。

「……桜並木さん」

「うん？」

「桜並木さんは、『マオウノユウタイ』でのやすの演技を聴いて、どう思いましたか」

淡々と告げると、乙女の口が「あ」の形で固まった。

そのまま数秒フリーズすると、乙女は頭を抱えてしまう。

どうやら、その言葉だけで千佳の気持ちが十分に伝わったらしい。

「あ～……、あ、あ、そっかぁ～……。そうだよね、ライバルがあんな演技をしていたら、複雑だよね……。そっかぁ……。なるほど……。そうなると、やすみちゃんを頼りづらくなっちゃうね……？」

乙女は悩ましげな顔で、目を瞑っている。

あまりにも的確に伝わったせいで、千佳はむしろ返答に迷った。

他人の口からライバルだなんだと表現されるのは、未だに気まずい。

こういった闘争心、意地が誤解なく伝わるのはありがたいけれど。

もしかしたら、乙女も由美子の演技に思うところがあるのかもしれない。

ティアラのライブでも、彼女は由美子相手に悔しがっていたくらいだ。

何度か、そっかぁ～……、と繰り返したあと、乙女は気まずそうにこちらを見る。

言いにくそうに、ぼそりと呟いた。

「ただね、夕陽ちゃん。覚悟しておいてほしいんだけど……。やすみちゃんの演技は、話数が進むごとに、もっとよくなっていくんだよ」

「…………」

実際にその演技を聴かないと、なんとも言えないけれど。

乙女の発言が事実ならば。

自分はしばらく、由美子の前で不機嫌になりそうだな、と他人事のように考えていた。

NOW ON AIR!! 第95回

「それでは、メール読んでいきまーす。あ、前に募集していた『番組の思い出メール』ね。それでは一通。〝不自由なA子さん〟から頂きました。『夕姫、やすやす、おはようございます』」

「はい、おはようございます」

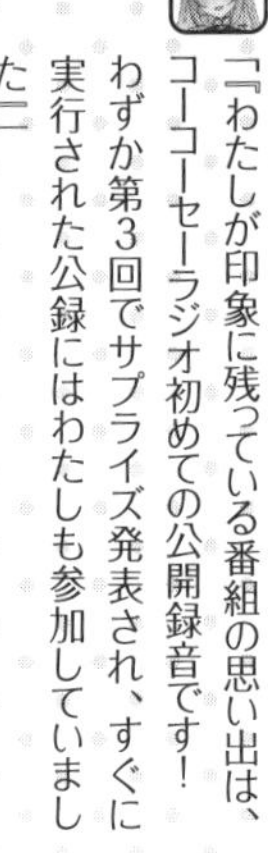

「『わたしが印象に残っている番組の思い出は、コーコーセーラジオ初めての公開録音です！　わずか第3回でサプライズ発表され、すぐに実行された公録にはわたしも参加していました』」

「あったわね、そんなこと。最初期のイベントじゃない。まだわたしたちがキャラを作っていた頃。A子さん、あの時期のイベントにも参加していたのね……」

「ね。A子さん、最古参勢じゃない？　『イベント自体もとても印象に残っているのですが、特にインパクトがあったのが、夕姫が緊張のあまり転んでしまったところです』」

「あぁ……。あの、あまりにも粗野で嫌な出来事ね……。やすがわたしの足を引っかけて、転ばせた事件。真剣にチョコブラウニーを訴えようかと思ったわ」

「は〜？　あんたが緊張でどうにもならなくなってたから、あれでほぐしてあげたんでしょうが。それとも、あのまま放っておいたほうがよかったでちゅか〜？」

「出たわ！　あなたのそういうところ、本当に嫌い……！　それにしたって、やり方が……。あぁもういいわ。さっさと続きを読みなさいな」

「あんたが中断しなければ読んでましたけど〜？　……えーと、どこまで読んだっけ。あ、ここだ。えー、『公録もとても楽しかったのですが、あの光景は今でも強く記憶に残っています』……、だってさ。よかったね、

A子さん今でもよく覚えてるって」

「ちっ……、いちいちうるさいわね……。わたしはむしろ、当時のことはあまり覚えていないわ。随分昔の話だし」

「まぁそうねぇ。大体二年くらい前？　かな？　高二の春か。うわあ、そう考えるとめっちゃ前のように感じるな……」

「今では卒業間近だものね……。そういえば、この間も大学の試験を受けてきたばかりで。時の早さに驚くばかりね」

「あぁ、あたしも本命受けてきた。まだ結果は出てないから何とも言えないけど、気持ちとしては一段落したって感じだよ」

「そうね……。わたしも同じ状況だけれど、気持ちはだいぶ楽になったわ。あまり気にしないようにしていたけど、やっぱり負担には感じてたみたい」

「そうねー。肩に力が入ってたというか、肩の荷が下りたというか。解放感あったな～。スッキリした～！　って感じ」

「まぁあとは結果次第だけれど……。あぁそうだ、公録と言えば。この番組のイベントが決定しました――」

to be continued……

♥

いよいよ、由美子の本命校の試験日。

既に自由登校になっているので、前日は過不足ない準備をして、さらっと勉強のおさらいをして、とにかくいっぱい眠っておいた。

なので当日の朝、すっきりとした目覚めを迎えている。

それでもあくびをしながらリビングに降りていくと、いい匂いが漂ってきた。

つられるようにキッチンを覗くと、母がテーブルの前でテキパキと動いている。

「あ、由美子。おはよ～、朝ご飯できてるよ」

「え、作ってくれたの？　ありがとー」

今日の母は仕事が休みなのだが、わざわざ起きてご飯を作ってくれたらしい。

げんを担いで朝からカツ丼でも出されたらどうしようかと思ったが、普通にトーストとサラダと目玉焼きだった。

ありがたく頂く。

トーストにかじりついていると、母はなにやら落ち着きなくこちらを見ていた。

「……どしたの、ママ。そんなそわそわして」

「やぁ、だってぇ。今日、本命の試験じゃない？　そう考えるとママも落ち着かなくって……。由美子はそんなことないみたいだけど……、緊張しないの？」

本人よりも、親のほうが緊張しているようだ。

苦笑しながら、目玉焼きに醤油をたらす。

「緊張しないってことはないけどさ。でもちゃんと勉強してきたし、あとは試験受けるだけっていうか。緊張って意味なら、ファントムの収録のほうがよっぽどキツかったよ」

言ってはなんだが、あれに比べたら相当気楽だ。

勉強はやった分だけ前に進めるし、答えも教えてもらえる。自分ができなくても、周りに迷惑を掛けることもない。

当時のことを思い出すと、それだけで胃が痛くなってくる。

そう答えると、母は「そんなもんかぁ～……」と目を瞬かせていた。

「それに、これが終わったらようやくオーディション再開できるからね。それが楽しみで。ご褒美あると、頑張れるじゃん？」

由美子はにひっ、と笑う。

九月から制限されていたオーディションへの取り組みが、本日ようやく解禁される。

二月三月はほとんど学校に行かなくていいので、この間は仕事だけに集中できる。

数ヶ月我慢していただけあって、それが楽しみで仕方がなかった。

既に心を弾ませている由美子を、母は微妙な顔で見守る。

「それはいいんだけど……。今日はちゃんと集中しなきゃダメよ？　試験中にオーディションのことなんて考えないでね？」

「わ、わかってるよママ」

さすがに、このタイミングで上の空では笑い話にもならない。

しっかり集中しよう……、と戒めながら、トーストを食べ切った。

「いってらっしゃ〜い。頑張ってね〜」

わざわざ見送りに出てくれた母に手を振り、由美子は大学に向かう。

そういえば、ファントムのときも母は激励を送ってくれた。

ありがたいな、と思いつつ、よしっと気合を入れ直す。

頑張ろう。


……とは言いつつも。

特に問題なく、試験は終了した。

出来は悪くない。自己評価としては、「よくできたんじゃない？」というレベル。

ほっと一安心しつつ、由美子は試験会場から出て行った。

多種多様の制服姿が、大学構内からぞろぞろと出てくる。皆、やりきったような、腑抜けたような表情をしていた。きっと由美子も同じだろう。

それは、隣にいる彼女も同様だった。

「いやぁ～……、終わったぁ～……。つっかれたねぇ、ほんと～……」

ぐう～っと伸びをしているのは、同じく制服姿の若菜だ。

彼女と由美子は同じ大学志望なので、行きも帰りもいっしょ。

見知った顔がそばにあるのは、緊張をほぐす意味でもありがたかった。

伸びをし終えたあと、若菜はすっきりした顔で腰に手を当てる。

「あ～、でもすっごい解放感！　終わったって感じ～」

「まぁまだ完全に終わったわけじゃないけど……、やっぱ一段落したって感じするね」

本命校の試験が終わったので、どうしても気は抜けてしまう。

この試験を目指してずっと受験勉強に励んでいたのだから、その解放感もひとしおだった。

厄介な宿題がひとつ消えた、という感じ。

しばらくふたりで試験の答え合わせをしていたが、ふっと会話が止まる。

自分たちもそうだが、周りの学生もみんな清々しい顔をしていた。

そのせいか、つい声を漏らしてしまう。

「いやぁ、終わったねぇ……」

「終わったなぁ……」

駅のホームで電車を待っていると、呆けたような感想が出てきた。

そのあとに続く言葉を由美子は飲み込んだが、若菜はそのまま口に出してしまう。

「なんていうか、もういよいよって感じだねぇ……」

主語がなくても、何を指しているかはわかる。

高校生の終わりが、目の前に迫っていた。

それをあえて言わなかったのは、口にするのが怖かったのかもしれない。

由美子はしんみりして黙っていると、若菜が「うわあああん！」と抱き着いてきた。

「寂しいよぉ、由美子〜〜〜〜。高校卒業しても、わたしたちはずっと友達でいようね？」

「あたしらは特に問題ないでしょ……、あと四年間はいっしょなんだしさ」

「ふたりで留年したら、もっといっしょにいられるね？」

「嫌すぎる友達宣言やめてくんない？」

入学する前から留年を考慮しないでほしい。

そう続けようとしたが、由美子は無意識で口にした「あたしらは特に問題ないでしょ」という文言に動揺していた。

それは、ほかの子は問題あるということ？

仲の良かった子たちが、高校卒業した途端にそうじゃなくなってしまう。

それはしょうがないことかもしれないけど、やっぱり寂しい。

そして、なにより。

あの目つきの悪い同級生の存在が、由美子の心を揺らしていた。

「およ？　あれ、渡辺ちゃんじゃない？」

電車に乗って、しばらく経ったあと。

たくさんの学生が押し込まれた車内で、若菜がそう声を上げる。

指差す先を見ると、確かにそこには制服姿の千佳が立っていた。

吊革に掴まって、退屈そうにスマホを見ている。

電車内は混んでいたが、今さら千佳を見間違えることはなかった。

偶然だな……、と思って見ていると、若菜が身体を寄せてくる。

「渡辺ちゃんも今日試験だったんじゃない？」

「あぁ……、そうなんじゃない？」

変にそっけない声になってしまったが、制服を着ているならその可能性は高い。

あいつの大学、この路線なんだ。

どこなんだろ、とぼんやり考えるも、候補が多すぎるのですぐに諦めた。

すると、その考えを読み取ったように、若菜が肩をつついてくる。

「由美子、どうせまだ渡辺ちゃんの進路先、訊けてないんでしょ？　今なら自然に訊けるんじゃない？　行ってくれば？」

「えぇ……、いいよ、べつに」

反射的に答えてしまう。

けれど、若菜の言うとおりではあった。

こんなにも訊きやすいタイミング、ほかにない。

由美子が迷い始めていると、電車が駅に停まった。

ほかの乗客が降り始める中、若菜もそこにするりとまじってしまう。

「わたし、ちょっと用事があるからここで降りるね。んじゃね～」

「え、あ、ちょっと」

若菜は由美子の返事も待たずに、さっさと降りて行ってしまった。

……変な気を遣わせた気がする。

今度、埋め合わせをすべきだろうか。軽く打ち上げでもするつもりだったし……。

どうやら今の駅でかなりの乗客が降りたようで、車内も多少余裕ができていた。

視線を千佳に戻すと、彼女もこちらに気付いたらしい。目を丸くしていた。

ここで無視をするのはさすがに感じが悪いので、由美子は仕方なく彼女の元に向かう。

「……おっす、渡辺」

「えぇ。なに、あなたも試験だったの？」

その問いに頷く。

ここでさらっと、「あたしはあの大学を受けたんだけど、渡辺はどこの大学？」と尋ねれば、由美子の積み重なった疑問はすっきり解消される。

若菜の言うとおり、物凄く訊きやすいタイミングだった。

答えがどの大学であろうと、そこから大学生活の話にも持ち込みやすいはず。

それは、わかっているのに。

なんで、たかだかこんなことを訊くのに、言葉が詰まってしまうんだろう。

「……なに、その渋い顔。もしかして試験、上手くいかなかったの？」

由美子が変に黙ってしまったので、千佳が怪訝そうな表情になる。

そんなことない、と手振りで伝えようとしたら、続けて千佳が口を開いた。

「あなたのことだから、『これが終わったら、やっと仕事に集中できる！』と思って、気もそぞろだったんじゃないの。クリスマス前の子供じゃあるまいし、落ち着きなさいな」

「は？　ちゃんと集中したっつーの。あんたのほうこそ、結衣ちゃんとのアフレコに気持ちがいっちゃって、それどころじゃなかったんじゃないの」

減らず口にカチンと来て、つい言い返してしまう。

普段ならすぐに反論してくるのに、千佳はしかめっ面で固まってしまった。

「え、ほんとに？」

自分から煽っておいて、由美子は心配そうな声を出してしまう。

千佳は「……試験は、問題なかったわ」と頭を振り、視線を窓の外に向けた。

その横顔をしばし見つめてしまう。

試験は、ということなら、アフレコには問題があったのだろうか。

千佳が素直に弱音を吐くはずもなく、外の景色を眺めたまま。

妙な沈黙に包まれてしまう。

ふたりきりでお互い黙っているなんてよくあるのに、やけに居心地が悪かった。

アフレコの話を詳しく聞くべきだろうか。

そわそわしながら、千佳の様子を窺い、よし、と意気込んで口を開く。

「あのさ、渡辺」

「ねぇ、佐藤」

絶望的にタイミングが悪く、お互いを呼ぶ声が重なってしまう。

顔を見合わせて、ぱちぱちと瞬きしたあと。

「あ、なに?」「そっちこそ、なに」「いや、そっちが先に言ってよ」「嫌よ。あなたが言って」「は？ なんで意地張んの。意味わからん」「それはあなたのほうでしょう？ こっちに押し付けないで」「あ？」「は？」という煽り合いに発展した。

そんなことを繰り返しているうちに、由美子が降りる駅に電車が着いてしまう。

扉が閉まる直前まで罵り合いながら、由美子は駅のホームに降り立った。

こちらを睨んだまま車両に連れて行かれる千佳を、由美子は顔を顰めて見送る。

ホームに取り残され、由美子は眉間のシワを濃くした。
今の時間なに？
なんで、こんなところでまで口喧嘩しなきゃいけないんだ？
むかむかしながら、乗り換えのために構内を歩く。
そしてすぐに、肩の力が抜けた。
「……なーにやってんだろうなぁ」
頭をがしがしと掻いてしまう。
若菜に気を遣ってもらってまで、訊きやすい状況になったというのに。
目的を果たすどころか、変に気まずくなって、気になることは全部わからないままで。
もう無理じゃないだろうか。
つい弱気になり、はあ、と大きなため息を吐いてしまう。
せっかく試験が終わったというのに気分は晴れず、宿題は残ったままだ。
「……渡辺は、それでいいのかな」
自分が訊けないからって、そんな責任転嫁をしてしまう。
彼女は、何も気にならないのだろうか。
離れ離れになることに、何も感じていないのだろうか。
それを想像すると、より落ち込みそうだったのでぷるぷると頭を振る。

人がまばらになった通路を進んでいると、そこに偶然、見知った背中を見つけた。

ベージュのロングコートと長い髪を揺らしながら、悠然と歩く女性。

背も高いうえに姿勢がいいので、やけに様になっていた。

そういえば、駅近くにスタジオがあったっけ。

仕事かな?

どこか色素の薄さを感じるその人に、由美子はすぐに寄っていく。

気持ちが落ちていたところに、良い相手を見つけた。

「纏さーん」

「? あ、歌種さん。どうも、お疲れ様です。偶然ですね」

コートを翻したあと丁寧に頭を下げたのは、羽衣纏だ。

習志野プロダクション所属で、一年目の新人声優。

端整な顔立ちが薄い微笑みで彩られ、美人に拍車がかかる。コートの下は黒いニットに白いパンツというシンプルさだが、とても魅力的だ。

相変わらず、モデル並みにスタイルがいい。

二十五歳だが、おすまししていると大人の雰囲気と落ち着きを年齢以上に感じられた。

……家ではかなりひどいらしいけど。

妹の文句を思い出しながら、由美子は笑顔で通路の先を指差す。

「纏さん、今から仕事ですか？　よかったら、途中までいっしょに行きません？」

「もちろんです。歌種さんは？　制服を着てますけど……。確か前に、もう自由登校って仰ってましたよね」

「あ、大学の試験だったんですよ。今はその帰り。その途中で纏さんを見掛けたので」

「それはそれは……、お疲れ様です」

穏やかな声色で、纏は労わってくれた。

この間、理央が「なんっかい言っても、姉は濡れたバスタオルを放置するんですよ！　前なんてベッドの上に置いてたんですよ⁉　よりによってベッド⁉　考えられます⁉」とブチキレていたとは思えないほど、外の彼女は大人っぽくて素敵な人なのだが……。

しばし、ふたり並んで構内を歩く。

理央の話に花を咲かせていたのだが、そこでふと気が付いた。

纏と理央は名古屋から東京に出てきて、今はふたりで暮らしている。

纏は声優の夢を叶えるため、理央はそんな姉を支えるため、ふたりで上京した。

これからの由美子とは比べ物にならないほど、生活が激変したはずだ。

そこに思い至ると、どうしても彼女に話を聞いてみたくなった。

「あの、纏さん。聞いてもいいですか？　纏さんは理央ちゃんとふたりで、名古屋から東京に引っ越したわけじゃないですか」

「？　はい。それがどうかしました？」

「地元には友達もいますよね。その人たちと会えなくなるの、寂しくなかったんですか」

これは、由美子の状況と直結する話だった。

環境の変化によって、周りの人間関係ががらりと変わってしまう。

今まで当たり前のように会えた人が、そうじゃなくなってしまう。

彼女はどんなふうにそれを受け入れたのか、それとも受け入れられなかったのか。

纏は視線を少しずらしたあと、なんてことはないように答えた。

「そうですね……。でも、わたしはお盆と年末年始は帰るようにしていますし……。そのときに地元の友人にも会っていますから、それほど」

「え。会うのは、年に二回だけってことですよね？　めちゃくちゃ少なくないですか？」

さらっと信じられないことを言われたので、由美子は面喰らってしまう。

纏はきょとんとしたあと、微笑ましいものを見る目を由美子に向けた。

「あぁ……。毎日友人と会う歌種さんには、信じられないことかもしれませんが……。大人になると、そう頻繁に顔を合わせないことも多いですよ。月に一回会う友人がいたとして、それはかなり親しい間柄と言えるのではないでしょうか」

「…………………」

その答えに、呆然としてしまう。

　自分たちは会えなくなっても、最大で夏休みの一ヶ月ちょい。

　夏休み明けは、みんな「久しぶり～」と言い合っているくらいなのに、その頻度でも親しい仲と呼べるのか。

　はっとして、纏に尋ねる。

「でも、纏さん。普通の社会人なら休みは毎週ありますよね？　それなのに、友達と会ったりしないんですか」

　由美子は予定が空いていれば、学校がなくとも友人と会う機会は作る。

　休みが全くないならまだしも、いくら社会人でも会う時間は作れそうなものだ。

　纏はその疑問に、少し困ったような表情になる。

「難しい質問ですが……。大人になると、優先順位が変わるから、と言えるかもしれません。仕事、家庭、恋人、趣味……。休日でも家のことや仕事を片付けたり、単純に友人とも予定が合わなかったりします。既婚者なら、家庭が最優先でしょう。しばらく会えないこと自体が、珍しくない状況になります」

　纏はふっと視線を逸らして、宙を見つめた。

「わたしも働き始めて、週に一度しか友人に会えない状況を悲しく思いました。週末は必ず友人と過ごし、寂しさを埋めていこうとしましたが……。忙しくしているうちに、会わない週末も珍しくなくなり、環境も変わり……。結婚や転勤でより疎遠になる人もいますから、年に二回会うだけでも、それほど……。大人になると、いろいろ鈍感になるんでしょうね」

纏は特に悲しんでいる様子もなく、控えめに微笑んでいた。

思えば周りの大人は、友人と頻繁に会っている気配はない。

声優は特殊だから除外するとしても、母や加賀崎から友人の話はあまり聞かなかった。

友人に会えなくなる、寂しい、という思いは今だけなんだろうか。

学校の子たちはもちろん、千佳に対してさえ。

いずれ、「昔はよく顔を合わせてたんだけどなぁ」とぼんやり思うようになり、離れた距離を見ても平然としている日がくるんだろうか。

纏は「鈍感になる」と口にしたけれど。

それが平気になった自分は果たして、成長したのか退化したのか。

わからなかった。

「だから、関係を保ちたいと思うのなら、努力が必要ですよ」

顔を上げると、纏が人差し指をピンと立てていた。

やさしい声色で、諭すように伝えてくれる。

「人によっては、毎週会うのが当たり前な友人もいます。恋人だったら、月に一度しか会わないならむしろ少ないですよね？　会えないわけじゃない。大事なのは、優先順位を上げること。そうして努力すれば、ずっと関係は続いていくものだと思います。本人次第ですよ」

由美子の具体的な悩みは知らないだろうが、纏は丁寧に解決方法を教えてくれた。

纏の言うとおりで、本人の気持ち次第で何とでもなる。

まずは、素直に想いを伝えるだけでいい。

千佳が応えてくれれば、関係は変わらないかもしれない。

問題は、その勇気が由美子にあるかどうかだけ。

ただ、それだけだった。

改めて自分の気持ちに向き合っていると、纏はにこりと微笑む。

「それにしても……。こういった話をしていると、歌種さんも学生さん、という感じですね」

纏はそう言ってから、ふっと息を吐き、羨ましそうに目を細めた。

「若いって、いいですね……」

「いや、あたしたち七つ差じゃないですか。そんな変わんないですよ」

「七つ差といえば、歌種さんとミントちゃんくらい離れてるんですよ？」

そんなふうに表現されると、結構な差のように感じるが。

ミントがやけに、こちらを年上扱いしてくるせいな気もする。

年齢差をフォローしたかったわけではないが、由美子は感じたことを口にした。

「でも纏さんは、こう話してると大人の女性って感じします。年齢って意味じゃなくて」

「いい大人ですよ。わたしは、会社員もそれなりにやりましたから」

「いい大人なのに、野菜は食べないんですか？」

「野菜は食べなくても大人にはなれますし、仕事にも影響ありませんから」

纏は大真面目に頷いている。

ここまでアンバランスな大人も珍しい。

改札が近付いてくると、纏は足を止めてスマホを取り出した。

「歌種さん。お時間あるようでしたら、少しお茶でもしませんか？　試験お疲れ様ということで、ご馳走させてください」

「わ、嬉しい。行きましょ行きましょ。でも、奢りはいいですよ。あたし、一応先輩だし」

「わたしは人生の先輩ですから。頑張った後輩を、今日くらいは労わせてください」

スマートに答える纏はとても大人っぽくて、余裕が感じられた。

彼女くらい余裕があれば、千佳にあんな態度を見せずに済むのかな？

そう思ったけれど、纏と同じ歳になっても、千佳とは罵り合っている気がした。

……その頃まで、いっしょにいられるかはわからないけれど。

ちなみに纏は改札を抜ける際、残高不足でゲートに阻まれていた。

期待を裏切らない人である。

◆

本命校の試験終了後。

千佳には、幾ばくかの余裕が戻ってきていた。

試験にそれほど気を張っていたつもりはなかったが、知らず負担にはなっていたらしい。

大学受験が完全に終わったわけではないが、それでも千佳の肩はかなり軽くなっていた。

それで肩の荷がすべて下りてくれれば、話は早かったのだが……。

『屋上のルミナス』の件や由美子の活躍を考えると、肩の荷はむしろ増えたと言っていい。

それを見ないふりして、千佳はスタジオの廊下を歩いていた。

コーコーセーラジオ、試験後初めての収録だ。

今日はその話をしよう……、と頭の中で組み立てていると、前から先輩が歩いてきた。

その人は足を止めることなく、サっと手を挙げて軽快に挨拶をしてくる。

「おお、夕暮。お疲れさん」

「お疲れ様です、大野さん」

さすがに千佳のほうは立ち止まり、その場で頭を下げた。

短めの髪がとても似合っており、さっぱりした口調が気持ちのいい女性。

習志野プロダクション所属、大野麻里。

大ベテランの先輩声優だ。

ファントムでは、大変にお世話になった。

大野は颯爽と千佳とすれ違い、軽やかに足音を鳴らしていく。

普段の千佳なら気を止めることなく、その場を離れるのだが……。

大ベテラン、というところにひらめきを覚えた。

ほとんど反射的に、彼女を呼び止める。

「大野さん。質問したいことがあるんですが、いいでしょうか」

「あん？　夕暮が？　あたしに？　べつにいいけど、なに？」

大野は怪訝そうに振り返ったものの、気を悪くした様子はなさそうだった。

腰に手を当てて、千佳の言葉を待ってくれている。

前置きをする話術を千佳は知らず、そのまま直球で彼女に尋ねた。

「大野さんは、何十年とこの業界にいますが……。後輩から追われる恐怖って、どう克服したんですか」

「あぁん？」

大野は眉をつり上げ、こちらを見つめる。

かと思うとツカツカと寄ってきて、なぜか千佳の髪の毛をぐしゃぐしゃにしてきた。

「なぁにが追われる恐怖だよ、二年目なのに生意気な。んなこと考えてる場合か？」

「や、やめてください。それに、わたしはもう三年目です。今年で四年目に入りますし」

「あ、そうなの？　いやぁ、時間が経つのは早くて嫌になっちゃうね」

大野は愉快そうに笑うと、千佳の頭から手を離した。

千佳のことをじろじろ見たかと思うと、ふむ、と顎に手を当てる。

生意気だ、とは言いつつも、質問には答えてくれるらしい。

しばらく考え込んだあと、確かめるように言葉を並べた。

「追われる恐怖、ねぇ。あたしはむしろ、追ってくる後輩がいると嬉しいからなぁ。大歓迎だよ。残ってる奴らは少ないし、増えてもすぐに減っちゃうからな」

「…………」

声優業界は過酷だ。

毎年大量に新人が入ってくるのに、数年後に残っている人数はおそろしく少ない。

後輩を可愛がっていてもどんどんやめていくので、若手自体に興味を持たなくなった……、というのは大野麻里の有名なエピソードだ。

大ベテランらしい考えでもある。

さすがに参考にならないか……、と千佳は諦めかけたが、大野は「あぁでも」と言葉を付け加えた。

「昔はそういう時期もあったかもね。上手い後輩が出てくると、やだなあ、って思ってたときが。特に、自分と似た声の系統が出てきたときとかね」

「そういうとき、どうしていたんですか？」

まさしく聞きたい話が出てきて、千佳は前のめりになる。

大野はふっと笑うと、そんな千佳に軽くデコピンをした。

痛い。

おでこを擦っていると、大野はなんてことはないように答え始めた。

「後ろを見るのは大事だけど、後ろばかり見ててもしゃーねーって割り切ったよ。後ろに怯えるよりも、前を見据えて、目標に一直線になったほうが気持ちいい。そうだろ？」

さっぱりした表情で、彼女は笑う。課題を乗り越えた人の顔だった。

それは、大野の言うとおりだとは思うけれど。

千佳はそんなふうには、とてもまだ割り切れない。

抜かれたくない相手が迫ってくる。背中を見つめている。彼女は今どこにいるのか。すぐそばなのか。手が届く距離なのか。

それとも――、もう、抜き去る直前なのか。

意識している相手であればあるほど、気になってしまうものではないか。

千佳が納得していないのがわかったのか、大野は首に手を当てる。

先輩の表情で、さらに言葉を重ねた。

「それと、先輩の自覚を持ったのが大きかったかな。後輩たちに格好悪い背中は見せらんないだろ。そう考えたら自然と背筋は伸びるし、視線も前を向く。あたしはそっちのほうが、大きかったかな」

「…………」

先輩としての心構えの話に変わっていく。

もっと詳しく聞きたかったが、大野は解説してくれる気はないらしい。そこで会話を打ち切ってしまった。

踵を返して、手をひらひらとさせる。

「まぁ悩め若人。考えれば考えるほど、演技はよくなる。その悩みも演技の糧にしろよ」

そう言い残すと、返事も待たずに歩き出してしまった。

千佳がお礼を言って頭を下げると、そこに声が付け足される。

「あ、そうだ。森に同じこと訊いても無駄だからな。あいつは良くも悪くも、自分が演技できればいい、って考えのアホだから」

千佳が顔を上げると、大野はもうこちらを見ていなかった。

彼女が廊下を曲がるのを見送ってから、千佳も本来の目的地に向かった。

大野の話が、頭の中でぐるぐると回る。

反芻してみても、千佳の悩みが綺麗に整理されることはなかった。
けれど、彼女の話には重要な要素があるように感じてならない。
今の自分にも、ぱちりとハマるパズルのピース。
その手がかりを与えられた気がして、必死に手探りしている間に会議室に辿り着く。
扉を開けると、そこには既に由美子の姿があった。
いつもの席に着いて、何かを読んでいる。
しかし、彼女はこちらをちらりとも見ない。
「………？　あぁ」
いくら何でも完全無視はいかがなものか、と眉を寄せたのは一瞬だけ。
彼女が持っているものが何かわかり、すぐに納得する。
あれは、オーディション資料だ。
どうやら、しばらく制限されていたオーディションが解禁したらしい。
由美子はじっと、オーディション資料を読み耽っていた。
集中するあまり、扉を開けられたことにも、千佳がいることにも気付いていないのだ。
千佳が隣に腰掛けても、由美子はじっと動かない。
唇に指を当てて、完全に入り込んでいる。
この異様なまでの集中力が、レオンやシラユリのような演技を引き出すのだろう。

千佳は頬杖を突いて、その横顔を眺める。

真剣な表情がとても綺麗で、吸い込まれるような凛々しさがあった。

耳に掛かった髪が一本、さらっと下りる。それが妙に色っぽかった。

まるで彫刻品のようになっている彼女をじっと見ていても、全く気付かない。

千佳は、由美子に話し掛けてみた。

「……この番組、三月までって話だけれど。二年間ずっと、この曜日、この時間にスタジオに来ていたのに、その習慣が変わるって考えると変な感じがするわよね」

次の改編期を目途に、千佳たちはこの時間と曜日にスタジオへ来ることはなくなる。

それを由美子に伝えたら、彼女はどんな顔をするんだろうか。

でも今の由美子は、ぴくりとも動かない。

全く耳に入らなかったようだ。

さすがに触れたら、我に返るだろうか。

びっくりするだろうな、と思いながら、千佳は視線を下に向ける。

彼女の肩の下には、素晴らしい膨らみがふたつ。

「……………。相変わらず、いいものを持っていること」

服の上からでも大きさがわかる胸に、熱い視線を送る。

普段は見ていると、「あんまり人の胸を凝視するんじゃあないよ」と隠されてしまうが、今なら見放題。新しいサブスク。触ったら、さすがにお叱りを受けるだろうが。そこは別料金。

無遠慮に人の胸を見られる機会なんてそうはなく、やたらと眺めてしまった。

そのあと顔を上げるも、由美子はまだ気付かずに資料に目を落としている。

久しぶりのオーディションに、かなり張り切っているようだ。

ようやく受験から解放されて、彼女はこれから力いっぱい仕事に勤しむのだろう。

追い風を纏いながら、しっかりとした足取りで前に進むのだ。

「…………」

由美子の横顔が、突然おそろしくなった。

彼女は受験から解き放たれ、覇権アニメ出演の勢いのまま、新たな仕事に取り組み始めた。

オーディションを休んでいた間も、彼女は様々な感情に翻弄されている。

それは、これからも。

そこから生まれる演技は、どれほどのものになるのだろう。

まるで目の前の少女が、卵から孵るかのよう。

彼女が得た経験を『歌種やすみ』に渡したとき、千佳との距離はどれほど近くなるのか。

いや、もしかしたら、もう――。

「……………まったく」

千佳は頭を振る。

どうやら、『屋上のルミナス』の件が尾を引いているらしい。

結衣にコテンパンにされた事実が、千佳の心を弱らせていた。

こんな関係ない場所で弱気になっていて、どうするのか。

後ろ向きになるんじゃなく、結衣を超える方法を考えなくてはいけない。

千佳はさっさと、心から臆病風を追い出した。

……しかし。

千佳がそばでうんうんと悩んでいるというのに、まだ気付かないのか、この女は。

いつまで資料読んでるんだ。

腹立ってきた。

「わっっっっっっっっっっっっ！」

「うわあああッ⁉」

由美子の耳元で大声を出してやったら、素っ頓狂な悲鳴とともに椅子からひっくり返った。

がしゃん、と派手な音とともに、由美子は床に尻もちをつく。

何が起こったかわかっておらず、荒い息で目を白黒させていた。

千佳の姿をようやく認識したようで、死にそうなくらい深いため息を吐く。

「びっ……くり、したぁ……。いや、本当勘弁してよ……。心臓止まるかと思った……」

胸に手を当てながら、よろよろと立ち上がっている。

彼女からすれば、とんでもない驚きだろう。だれもいない部屋で資料を読んでいたら、いつの間にか侵入した何者かに、耳元で大声を上げられたのだから。

普通にドア開けて入ってきたんだけど。

それを知らない由美子は、恨みがましい目を向けてくる。

指をこちらに突きつけた。

「あのさぁ、最悪な嫌がらせやめてくんない？　あんたに本気で気配消されたら、こっちは反応できないんだから。全く気付かなかったわ……。やっぱ忍者よ、あんたは。物音も気配も殺しすぎ。自分の特性を活かすのは結構だけど、嫌がらせに使うのは性格悪すぎない？」

「はあ」

「なにその気のない返事は……」

見当違いの文句に、言い返す気も起きない。

あなたは集中していて気付かなかった、と言ったところで、どうせ彼女は信じないだろう。

千佳は黙って鞄から必要なものを取り出していると、由美子は不可解そうに座り直した。

さすがにそこからオーディション資料を読む気にはならなかったようで、由美子も打ち合わせの準備をし始めた。

その中で、「あ」と由美子は声を上げる。

「そういえば渡辺。卒業旅行の日程、リスケになっちゃった」

「そう」

前に由美子から誘われた、卒業旅行の件だ。

行きたいか行きたくないかで言えば、行きたくはない。

だが、これもまた経験。

以前は経験がないせいで、文化祭の準備に慌てて参加する羽目になった。

千佳は、役者に経験は絶対に必要、と思うタイプではないが、あるに越したことはない。

それに、隣の女は率先的に様々な経験を得ようとしている。

遅れを取るのも癪だった。

ただ、千佳は卒業旅行の計画には参加していない。

完全にお任せだ。言われたところについていく。

幸い、千佳の性格をわかっている由美子と若菜がいるので、そこはスムーズだった。

由美子は、卒業旅行のスケジュールを調整してくれている。

彼女はスマホを取り出しながら、頭を掻いた。

「リスケはしょうがないって感じなんだけどね。渡辺も忙しいし、あたしも結構仕事入っちゃったから。ほかの子もそれぞれ予定あるし、ちょっと調整には時間掛かるかも」

由美子は無念そうに呟いていた。

千佳はいつ行こうが何でも構わないが、それよりも気になることがある。

由美子を一瞥しながら、そっと尋ねた。

「……あなた、忙しくなってきたの？」

「ん？　あぁいや、忙しいってほどじゃないけどね。近々に、立て続けに入ったって感じ。ほら、『マオウノユウタイ』が人気出たじゃん？　あれ関連で呼んでもらう機会が急に増えて」

由美子は、気の抜けた笑みを浮かべている。

『マオウノユウタイ』は今もアニメが絶好調で、覇権アニメの地位が固まりつつある。

注目されているキャラクターは、やはり歌種やすみ演じる勇者クーリだ。

あの声、あの演技ありきのキャラになっていて、非常に人気がある。

呼ばれる回数が多くなるのは、むしろ必然だとさえ思った。

「その仕事に加えて、今月来月はガバっとオーディションを受けるから。それで一時的に動けない日が多くなった感じ。まぁ、スケジュールは何とかするよ」

遠慮がちながらも、由美子は嬉しそうだった。

以前は突然降ってきた幸運に戸惑っていたが、最近はようやく受け入れ始めたらしい。

それとも、そんなことを言っている場合じゃなくなったのだろうか。

雪崩れ込んでくる仕事に集中していれば、余計なことを考える暇もない。

彼女は順調そうに前を向いているのに、千佳は頭を悩ませたまま。

何なら、目の前の彼女こそが、千佳の頭痛の種だ。

……あぁ。

乙女のアドバイスを思い出すも、とても目の前の浮かれた女を頼る気にはなれない。

少なくとも、今は。

かといって大人しくしているのも癪なので、由美子の肩にパンチしておいた。

「いたっ。……え、なに？　なんで今殴ったの？」

「べつに」

「べつに、じゃないだろ、殴ったんだから。なに？　無意味な暴力だったの？　意味のないDVやめてくんない？　いや、意味のあるDVなんてないけどさ」

「やかましいわね、キャンキャンと。黙っていてくれる？」

「はぁ～～～？」

さすがに由美子がその理不尽さにキレ散らかしていたが、事情を話す気にもなれない。

さて。

どうしたものだろうか……。

NOW ON AIR!!　第96回

「あぁそうね。よく考えたら、イベントはもう目の前だっけ。おさらいしとく？」

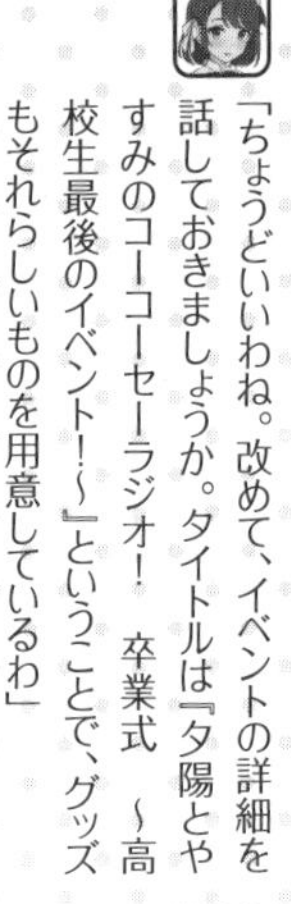

「ちょうどいいわね。改めて、イベントの詳細を話しておきましょうか。タイトルは『夕陽とやすみのコーコーセーラジオ！　卒業式　～高校生最後のイベント！～』ということで、グッズもそれらしいものを用意しているわ」

「あたしコレ好き。『卒業証書風ステッカー』。意味わからん」

「この『卒業証書用丸筒キーホルダー』も大概よ。こんなの作って大丈夫なのかしら」

「あたしらが要望出したわけじゃないから、売れ残っても責めないでほしい……。あ、Tシャツやタオルの販売もあるから、普通のグッズが欲しい人はそっちをよろしくね～」

「それと、イベントも卒業式を意識したものになるらしいわ。ただ、面白おかしくやる予定だから構えないでほしい……、だそうです。まぁ卒業式と言っても、まさか泣ける雰囲気になるわけもないでしょうし」

「いや、わっかんないよ～？　大号泣必至の感動的なイベントになるかもしれないじゃん」

「でも、わたしとあなたよ？」

「わかってるわかってる。言いたいことはわかる。でも、メールも募集してるから。リスナーの中には、すっごい感動的なメールを書く人もいるかもしれないから」

「でも、わたしとあなたよ？」

「わかってるって。あたしたちだけじゃ、卒業式でもただの煽り合いになっちゃうから、今回のイベントにはゲストさんもいらっしゃいます！」

夕陽とやすみのコーコーセーラジオ！

「柚日咲めくるさんと、桜並木乙女さんのおふたりです」

「わーい、ぱちぱち。柚日咲さんも乙女姉さんも、このラジオには縁のある人だしね」

「柚日咲さんはDVDの修学旅行編でお世話になっているし、桜並木さんはゲストに来てもらってるしね。最近ではピンチヒッターもしてもらったわ」

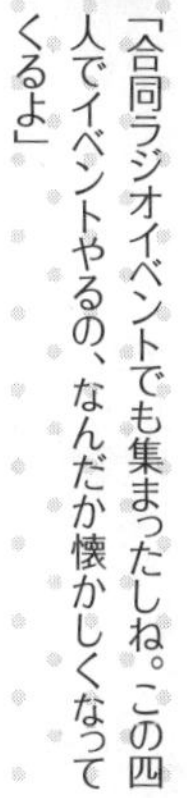
「合同ラジオイベントでも集まったしね。この四人でイベントやるの、なんだか懐かしくなってくるよ」

「ちょうど一年前くらいの話かしら……。そう考えると、縁の深いふたりに看取ってもらうのは趣旨に合ってるかもしれないわね」

「見届ける、な。看取ってもらってどうすんだ」

「それと、こんなメールも届いているわ。番組の思い出メールね。ラジオネーム、〝あったかいメロ～ンパン〟さんから。『僕の印象に残っている思い出は、番組の話ではないですが、ハートタルトのファーストシングル、リリースイベントです！』」

「うわ、懐かしい話が来たな……。『揺れ恋ゆららか！』のときね」

「『あの日、さくちゃんが急遽出られなくなり、おふたりだけでライブをやっていましたね。今思えば、かなりレアな光景だったと――』」

to be continued……

朝加がふたつのスカートを持ち上げて、由美子に見せてくる。

由美子は一度、身体を引いてじっくりとそのスカートを見比べた。

しばらく考え込んでから、己がピンと来たほうを指差す。

「……こっち」

朝加は、指定されたスカートをしげしげと見つめる。

「うーん……。わたし、あんまりこういうの似合う気がしないんだけど……」

「や、似合う似合う。絶対似合う。今着てるセーターの下でも、そのまま穿けると思うよ？

一回試着してみなよ。絶対かわいいから」

「やすみちゃんにそこまで言われちゃうと、弱いなぁ～」

朝加は観念したように片方のスカートを戻し、試着室に向かう。

由美子の予想どおり、試着した朝加はとっても可愛かった。よく似合っている。彼女もまんざらではなさそうで、結局そのスカートは購入に至った。

♥

平日の昼下がり。

学校も仕事もない由美子と、久しぶりの休みを得た朝加は、ぶらぶらと買い物をしていた。

次のイベントでは番組Tシャツを着る予定だが、下は私服。

イベントで着る服も買いたかったし、「春物が欲しい」という朝加とともに店を回っていた。

普段はスウェット、ノーメイクの朝加でも、さすがに遊びに行くときはおめかししている。

黒のダウンコートに白いセーターを合わせ、デニムパンツで歩きやすい格好だ。

由美子はモコモコした白のボアジャケットに、ショートパンツで来たら、朝加に「寒そう！若さの暴力！」と震えられてしまった。

引き続きふたりで服を物色していたが、腕時計を見た朝加が「あっ」と声を上げる。

「やすみちゃん、そろそろ時間だよ。行こっか」

「えっ、もうそんな時間？　朝加ちゃんの服選び、楽しいからうっかりしてたな」

慌てて、由美子と朝加は店を出る。

由美子と朝加が現地に向かうと、入店を待つお客さんがずらりと並んでいた。

ガヤガヤと楽しそうに話しながら、予約の時間を待っている。

「おお……、めっちゃ人いる……」

「そりゃいるでしょ。今期の覇権だもん」

さらっと言う朝加に、由美子はついニヤニヤしてしまいそうになった。

由美子たちがやってきたのは、いわゆるコラボカフェと呼ばれるお店だ。

その作品にちなんだフードやドリンクが出て、店内もその作品仕様に彩られる期間限定のショップ。アニメが放送されている作品が、よくコラボの対象になった。

そして、今回は『マオウノユウタイ』のコラボである。

由美子はスマホに、予約の画面を呼び出す。

このコラボカフェは定められた日時の抽選に申し込み、当選しないと入店できない。由美子は平日も動ける利点を活かし、何とか当選を勝ち取った。

ふたりで列に並び始めると、その列の長さに朝加が感心した声を上げる。

「やすみちゃん、よく予約取れたね。だいぶ競争率高かったんじゃない？」

「ね、運が良かったよ。SNS見たけど、落ちた人いっぱいいたみたいだし」

元々コラボカフェは行う予定だったが、想定外の反響だったようだ。

店内に案内されると、中は『マオウノユウタイ』一色だった。キャラのパネルが立っていたり、タペストリーが飾ってあったり。グッズも並べられていた。

その中に勇者クーリのパネルを発見し、ほかの人が並んで撮影している姿を見掛ける。

いいな～、と思って見ていると、朝加が「あとで撮ろっか」という手振りをしてくれた。

店の中はすぐに満席になった。

目当てのコラボメニューを注文し、水を一口飲むと人心地がつく。

ふぃ～……、と気を抜いている朝加に、なんとはなしに訊いてみた。

「そういえば朝加ちゃん。次のイベント、もう何やるか決まってるの？」

コーコーセーラジオのイベント日は、もう目前に迫っている。

こういう話を振ると、気まずそうにすることも多い朝加だが、今回は苦笑いを浮かべた。

「さすがに台本はできてるよ。もうすぐそこだよ？　今できてなかったら、まずいって」

……どうだろうか。結構ギリギリになるところも見掛けたりするけど。

ただ、今回のイベントに限っては心配ないらしい。

服も買えたし、あとはイベント当日を待つばかりである。

「楽しみだな～。乙女姉さんと柚日咲さんも来てくれるし。今回は普段より、豪華な感じするよね。キャパもおっきいし」

「まぁゲストがいるしね。やっぱり、コーコーセーラジオ最後の……、高校最後のイベントになるわけだしさ。派手にやりたいから」

朝加はやさしい笑みを浮かべて、静かにそう言う。

その言葉には、何ともしんみりしてしまった。

イベントを開催してくれるのも、ゲストを呼んで豪華にしてくれるのも、節目を迎える番組の……、ひいては由美子と千佳、そしてリスナーのためなのだと思う。

制作側の心遣いに、嬉しい気持ちになるけれど。

同時に、ぽっかり穴が空いたような寂しさも覚える。

それは、『卒業式』という今回のテーマが大きく影響していた。

「朝加ちゃんはさ、自分の担当番組が終わっちゃうのって……。やっぱ、寂しいもん？」

その質問に、朝加は目をぱちくりとさせる。

表情を苦笑の形に変えて、頬杖を突いた。

「そりゃそうだよ。もちろん、番組によるけど。長年やってる番組だってあるからね。愛着だって湧くし、パーソナリティともスタッフさんとも毎週会ってるわけだから。それがいきなり、このメンバーで集まることは一切なくなります！　って言われたら……、ね」

朝加の笑みは、いつの間にか寂しげなものに変わっていた。

思えば放送作家は、いくつも別れを繰り返す仕事なのだな、と思う。

声優だってクールごとに仕事場が変わるけれど、同じ面子で仕事をする期間はラジオ番組とは比較にならない。

ラジオは番組によって数年続くことだってあるし、朝加はいくつも番組を受け持っている。

コーコーセーラジオが終わったあとのことを、由美子は考えたくない。

しかし、朝加は同じ痛みを今まで何度も味わってきたのだ。

「もちろん、コーコーセーラジオが終わったら、わたしはかなり落ち込むと思うよ」

朝加の言葉に、由美子は同じように寂しい笑みを返すことしかできなかった。

そこで、注文したものがテーブルに届く。

作中に出てきた料理や、キャラクターをイメージした飲み物が卓上を彩った。

しばらくそれらをスマホで撮ったあと、料理に付いてきたグッズを開封する。

登場キャラクターのコースターが、ランダムに封入されているのだ。

「お、乙女ちゃんのキャラだ。魔王アウロラ。嬉しいな。やすみちゃんは？　クーリ出た？」

「側近のバーバラだった……」

「あらら」

むう、とコースターをじっと見つめる。

ここはやはり、自分が演じた勇者クーリのコースターが欲しい。

かなり欲しい。けれどひとつの料理につき、コースターは一枚しか付いてこない。

「……朝加ちゃん。料理、あとどれくらい食べられそう？」

「いや、勘弁してよ。花火ちゃんじゃないんだから。これでお腹いっぱいだよ」

当然の答えが返ってきて、由美子は肩を落とす。

大体、自分だってこれ以上は食べられそうにない。

残念ながら、諦めるしかなさそうだった。


それから数日後。

本日は、『夕陽とやすみのコーコーセーラジオ！』のイベント日。

由美子は会場入りするため、電車のホームに早足で向かっていた。次の電車が迫っている。

ホームは休日らしく混雑していて、ずらっと列が並んでいた。

ちょうど電車がやってきて、押し込まれるように入っていく。

車内も混雑していたが、流されるままに奥まで進み、扉のそばでその流れが止まる。

すると、目の前に偶然、見知った頭を発見した。

「おっ……」

由美子よりも一回り小さい身体が、目の前にある。

形のいい後頭部から視線を下ろすと、さらさらの髪を揺らした女性が窓の外を見ていた。

顔は見えないが、細い背中や綺麗なうなじは見間違えようがない。

ブルークラウン所属、柚日咲めくるだ。

彼女は本日のイベントに（演者で）参加する。行き先は同じなのだから、路線がかぶっても
おかしくなかった。

でも同じ時間、同じ車両とは。

嬉しくなって声を掛けようとしたが、そこで迷う。

いたずら心がうずうずと疼き、彼女に何か仕掛けたくなる。

彼女は目をぐるぐるさせながら、百面相をしてくれるに違いない。

でも電車は混んでいるし、今からイベントだ。

周りに迷惑も掛かりそうだから、やめておこう。

「藤井さーん。おはよ〜」

なので、肩をとんとんと叩いて、普通に挨拶することにした。

めくるは振り返って、ぎょっとした顔になる。

少しだけ目が泳いだものの、すぐにマスクを外した。

「……おはよう。あんたもこの電車だったのね」

そっけないながらも、めくるは挨拶を返してくれた。

由美子は彼女に笑いかけながら、冗談まじりで答える。

「おっ。今日の藤井さん、やさしい。普段はもっと嫌そうにしてるのに」

「それはあんたらが、いつも何か企んでるからでしょ」

めくるはぎろりと睨んでくる。

思えば最近は、千佳とともにちょっかいを掛けることが多かったように思う。

まぁさっきも、いたずらするか迷ったくらいだし。

それはともかく、せっかく同じ電車に乗っているのなら、話したいことはたくさんある。

「藤井さんとイベント出るの嬉しいなあ。久しぶりだよね。やっぱ藤井さんがいると、めっちゃ安定感あるしさ。あたしたちも安心して……。……？　どうしたの」

由美子はご機嫌に話し掛けていたのだが、めくるからの返事はない。

それどころか、俯き気味にもじもじとしている。

めくるはこちらをそっと見て、慌てて前に向き直った。

「……顔が、近いんだって。あんたは、もっと自分の魅力を自覚して……」

「え、あ、ごめん……、電車混んでるから……」

推しの顔が近いからって、緊張させてしまったらしい。

めんどくさ。

こっちは後輩声優として話しているのだから、先輩声優として相手してほしい……。

めくるは目を瞑り、赤くなった顔でさらに注文を付けてくる。

「それと、あんま声出さないで……。胸に響く……」

そんなクレームある？

遠回しに「話し掛けてくるな」と言っているのかと思ったが、彼女だったら直接言う。

単純に、推しが近くてシンドイ、ということらしい。

めんどくさ。

うーん、と悩んでから、由美子は少しだけ身体を動かす。

めくるの背後に立ってから、耳元で囁いた。

「これでいい？　顔も見えないし、声も小さいけど……」

「んひっ⁉」

悲鳴が漏れそうになり、めくるは慌てて口を押さえる。

耳まで赤くして、そのまま頭をぶんぶんと振ってしまう。

力が抜けたのか、扉に手を突いて肩を上下させた。そのまま、ぷるぷると身体を震わせる。

完全に俯いて、こちらに一切顔を向けてくれなくなってしまった。

効きすぎだろ。

今日ちょっと、ひどくない？

これは、会話するの無理かな～……、と由美子が諦めかけていると、電車が駅に着いた。

既に車内はかなり混雑していたが、さらにお客さんが乗り込んでくる。

壁際にいた由美子たちも、その波に押されて圧迫されてしまった。

その結果。

「んぎゅっ……!?」

「あ、ごめん、藤井さん……」

押し込まれているうちに、めくると密着することになってしまった。

しかも、妙なところで動きが止まったものだから、真正面で。

めくるは由美子より背が低いので、こちらに顔をうずめるようにして潰れている。

案の定、彼女は悲鳴を押し殺したような声を漏らした。

「～～～～～ッ！」

「いや、ごめん、わざとじゃないから……、ちょっと我慢して……」

後ろからもグイグイ押されているので、そのたびにめくるを潰してしまう。

わかる、わかるよ。推しに正面から密着されて、爆発しそうなのはわかる。

でも、由美子だってどうにもならない。

めくるはすっかり顔が真っ赤で、目をぐるぐるにしていた。

ぷしゅ、ぷしゅ、と妙な息が漏れる音が聞こえて、今にも気を失いそうだ。

めくるの精神が着実に削れていくが、それでも電車は由美子たちを運んでいく。

しばらくして。

目的の駅に着いて、めくるは転がるように電車を飛び出した。

ホームで膝に手を突き、荒い呼吸を繰り返している。

全力疾走してきたとしても、ここまで呼吸が乱れることはないように思う。

「めくるちゃん、ごめんって。ほら、混んでたからしょうがないじゃん？　あたしだって、わざとめくるちゃんを潰してたわけじゃないし」

由美子が笑いながら伝えると、めくるはこちらをキッと睨みつけてくる。

真っ赤な顔のまま、こちらに指を差した。

「……嘘吐くな。あんた、途中からわざとだったでしょ」

「おお、すごい。わかるもんなんだ」

感心した声を返すと、めくるは悔しそうに歯を食いしばる。

彼女の言うとおり、途中から面白くなってグイグイくっついてみた。

めくるに戯れでくっつくことは多いが、あれほど長く密着することは今までにない。

幸福と限界の間を揺れ動きながら、耐え忍ぶめくるは正直面白かった。

電車が揺れるたびに、喉の奥から潰れた声が聞こえてきたし。

涙目で、今にも昇天しそうだったし。

由美子が全く悪びれていないことに、めくるは瞳に怒りを滲ませた。

けれどすぐに、諦めたように歩き出す。

由美子は慌てて、その背中を追いかけた。

「待ってよ、めくるちゃ～ん。いっしょに行こうよぉ」

「ついてくるな」

「行き先いっしょじゃん。無茶言わないでよ」

「じゃあ離れて。隣を歩かないで」

「まぁまぁまぁ。仲良くしようよ。ね。今からイベントもいっしょなんだしさ。さっきのことは謝るから。ごめんね？」

めげずににぱっと笑いかけると、めくるは「うっ」という顔をする。

唇をうにうにと動かした。

ジトっとした目をこちらに向けて、必死に作ったような声を吐き出す。

「……あんた、そうやって笑顔で謝れば、許してもらえるって思ってない？」

「許してくれないの？」

「……許、す、けど、さぁ……」

由美子が力いっぱいかわいい顔を作ってみせると、めくるは目をきゅっと瞑った。

葛藤が感じられる声とともに、手がぷるぷるしている。

……本当にこの人、あたしのこと好きだな。

逆にどこまでやったら、許されないのかなあ、なんて邪なことを考えてしまう。

不届きな考えを放棄し、由美子はめくるの隣に並んだ。

散々遊ばせてもらったので、さすがにここからは普通に話すことにする。

「あ、そういえば。めくるちゃん、質問していい？」

「ダメって言ってもするんでしょ、あんたは。なに」

「めくるちゃんって、友達いるの？」

「は？　なに、喧嘩売ってんの」

またもや睨まれてしまって、由美子は慌てる。

今のは明らかに、言い方を間違えた。

どっかのだれかさんが相手じゃないのだから、この物言いはおかしい。

「ごめん、そうじゃなくて……。めくるちゃんってさ、普段、声優とは仲良くしないじゃん？花火さんは例外だけど。そんで、花火さん以外の友達はどうなってるのかなって」

順を追って説明したが、めくるはそれでも胡散くさそうな顔をしていた。

けれど質問には答えてくれるようで、抑揚のない声で彼女は言う。

「どうなってるも何も、地元には普通に友達いるよ。確かにこっちでは、花火以外と会うことはほとんどないけど」

「そうなんだ。意外」

「やっぱ喧嘩売ってる？」

「いや、そうじゃなくて……。めくるちゃんって、花火さんとべったりって感じだからさ。あんまり、ほかの人と仲良くしているイメージ湧かなくて」

柚日咲めくると夜祭花火はとても仲が良く、マンションの部屋も隣同士にするくらい。互いがいるからこれ以上は必要ない、といったスタンスで、もはや家族のような間柄だ。

だから本当に、友人はいないのかも、と思っていた。

めくるは何かを言いかけて、口を閉じる。それから、少し考え始めた。

「まぁ言われてみれば……。こっちに引っ越しきて、地元の友達と会う回数はだいぶ減ったよ。何かのついでならともかく、わざわざ地元に戻って会う、ってのはあんまりないかな」

「それってさ、寂しくない？」

一番聞きたかったことを尋ねる。

纏にも同じような質問をしたが、纏とめくるでは状況が違う。

名古屋と東京ほど距離は離れていないし、めくるが高校卒業したのもそれほど前ではない。

純粋な社会人歴も短かった。

纏よりも、由美子に近い。

だからこそ尋ねたのだが、めくるは肩を竦める。

さらっとした口ぶりで、纏と似たようなことを言った。

「べつに。わたしにはわたしの生活がある、友達には友達の生活がある。それだけの話だと思うけどね。大学生になった子も多いし、今の環境を優先するのはみんないっしょでしょ。今、友達がいないならともかく、寂しいってことはないんじゃない。地元に帰れば会うんだし」

「そっか……」

ドライなめくるらしい答えではあった。

新生活に追われているうちに、いつの間にか友人と疎遠になっている。

いかにもありそうな話だ。学生と社会人、という差も大きい。

わかっていたつもりだったが、やはりその答えには落ち込んでしまった。

その感情を出さないように気を付けていたが、めくるはこちらの気持ちを見抜いてしまう。

「夕暮のことか」

めくる相手に、今さら取り繕うのも難しい。

かといって素直に認めるのも照れくさく、黙っているとめくるは続けて口を開いた。

「前にも言ったはずだけど。関係なんて、環境が変われば簡単に切れるものだよ。それが嫌なら、きちんと言葉にすべきだと思うけどね、わたしは。どうでもいいけど」

そっけなく言い放ちながらも、そこには気遣いが感じられる。

以前から、めくるには心配されていたことだ。

修学旅行編のロケでは、めくるが珍しく純粋な善意で、今と同じ意見を伝えてくれた。

由美子と千佳の関係をだれよりも危惧しているのは、もしかしたら彼女かもしれない。

「心配してくれて、ありがとね。めくるちゃん」

由美子のお礼に、めくるは不愉快そうに眉を寄せる。

「茶化すな。べつに心配してない」

「茶化してないって。本当に、嬉しいと思ってるから」

由美子のまっすぐな感謝に、めくるは口を引き結ぶ。ぷいっと顔を逸らした。

またもや頬が赤くなるめくるを見ながら、由美子はぼうっと口を開く。

「そういえば、あのときも『このままじゃ、番組終わるよ』って心配されてたね……」

由美子と千佳の関係だけじゃなく、番組の心配までしてくれていた。

嫌いだ嫌いだ、と言いつつも、アドバイスをくれたりして。

やっぱり彼女は、やさしくて頼りになる先輩だ。

由美子がめくるへの信頼を強くしていると、なにやらめくるがもじもじしていた。

顔を伏せたまま、そうっと尋ねてくる。

「ねぇ、歌種。わたし、結構あんたからいろいろ話を聞いてると思うんだけど……」

「ん？　そうだね。いつもめくるちゃんには、お世話になってると思うけど……」

「歌種がそう思ってるのなら……、ひとつ、わたしからお願いしてもいい……？」

「えっ。いいよいいよ、なに？」

珍しい提案に、由美子は喰いつく。

由美子がめくるに相談やお願いを持ち掛けることは数あれど、その逆はほとんどない。

普段から頼っている自覚があるので、恩が返せるなら大歓迎だ。

だから由美子はふたつ返事をしたのだが、めくるはまだもじもじしている。

それでも辛抱強く待っていると、めくるは意を決したように口を開いた。

「一瞬だけ……、一瞬だけ、ファンに戻ってもいい……？」

「は？」

意味不明な文言に、頓狂な声が出る。

めくるはいっぱいいっぱいなのか、既にこちらの声は届いていないようだ。

いそいそとマスクを付け直して、目をぎゅっと瞑る。

それがカッと見開いたとき、その瞳にはキラキラした輝きが宿っていた。

この目を、由美子はよく知っている。

推しを前にした、ファンの目だ。

めくるは……、いや、藤井杏奈はこちらを見上げると、勢いよく捲し立てた。

「『マオウノユウタイ』のやすやすの演技、本当すごいです、みんながやすやすの声に夢中になってて本当に嬉しいです、おめでとうございます、やすやすはもっとすごいんだぞってずっと思ってたんですけど、やっと世間の人が気付いてくれて本当に本当に本当に嬉しいんです、これからも頑張ってください応援してます格好良いです大好きです、本当に大好きです！」

「あ、ありがとう……」

一息で早口の賛辞を並べられ、喜ぶよりも困惑してしまう。

だって、目の前にいるのはさっきまで先輩声優だった人だから……。

「ついてくるな」「離れて」「喧嘩売ってんの？」って睨んできた人だから……。

どうやら反応を求めていたわけではないようで、彼女はすぐにマスクを外した。

柚日咲めくるに戻ったらしく、前を向いたままぽつりと呟く。

「こんなふうに自分の立場を利用するのは、どうかとは思ったんだけど……。どうしても伝えたかったから……。悪かったわね……」

「え、あ、いや……、ありがと、う……？」

温度差が激しすぎて、上手く対応できない。

めくるはそれきり、黙り込んでしまった。

いや、嬉しい……。間違いなく嬉しいのだ。彼女は『プラスチックガールズ』から追いかけてくれているファンだし、そんなファンが純粋に喜んでくれているのは、感動を覚える。

でもやっぱり、この人は先輩なわけで……。

なんだったんだ、この時間は……。

微妙な空気になりながらも、ふたりは会場を目指した。

関係者入り口から控え室に向かっていると、廊下に乙女と千佳を見掛ける。

彼女たちに挨拶をしていると、そのタイミングでひょこっと朝加が姿を現した。

「あ、みんなもう来てたんだ。おはよう、今日はよろしくね～」

いつもどおりゆるい感じで手を振っているが、今日の朝加はきちんとした格好だ。

メイクも髪もきちんと整え、服装もふわっとしたニットにブラウンのロングスカート。あれはこの間、購入したスカートだ。普段は掛けない眼鏡もよく似合っている。

かわいい。ばっちりじゃん。

いつもは着の身着のままで会社に来る彼女も、外での仕事ではさすがにちゃんとしている。

由美子がその服装について言及しようとしたが、朝加はめくると乙女に目を向けた。

「ごめん、乙女ちゃん、めくるちゃん。打ち合わせ、ちょっといい？」

ちょいちょい、と廊下の奥を指差す。

それに由美子は首を傾げた。

「ん？　ふたりだけ？　朝加ちゃん、あたしらは行かなくていいの？」

この四人での出演なのに、自分たちは打ち合わせに参加しなくてよいのだろうか。

朝加は苦笑しながら、人差し指を揺らす。

「ほら、ふたりには前説もしてもらうからね。そっちのことでちょっと話があって」

「ふうん……？」

このイベントでは、由美子たちがステージに立つ前に、乙女たちが観客に説明を行う……、ということになっている。いわゆる前説だ。

声優イベントに前説とは珍しいうえに、乙女とめくるという豪華な二人組。

むしろそっちが本番にならないか、という不安はあるが……。

そう言われてしまえば、由美子も引っ込むしかない。

三人が廊下の奥に消えていき、千佳とふたりで取り残された。

千佳はこちらに見向きもしないで、控え室に入っていく。

その背中を見つめた。

めくるにまで心配されてしまった、彼女との関係。

ふたりを繋ぐ糸は、時間が経つごとに細く、脆くなっていく。

このイベントが、『卒業式』という名目なのも、そのイメージに拍車をかけていた。

本当の卒業式がやってくる前に、自分は行動を起こすべきじゃないのか。

そう考えていると、千佳が急に振り向いた。

「……なに。ジロジロと見ないでほしいのだけれど」

どうやら視線に勘付かれたらしい。嫌そうにこちらを睨んでくる。

少し見ていただけだというのに、この可愛くなさ。

つい、由美子も喧嘩腰になってしまう。

「はぁ～？　見てませんけど？　視線の当たり屋やめてくんない？」

千佳は舌打ちを返し、それ以上は何も言わずに席に着いた。

むかむかしながら、由美子も向かいの席に腰を下ろす。

めくるに指摘されたばかりだが、早くもこの調子だ。

素直に気持ちを伝えるなんて、考えられないことのように感じてしまう。

しかし、控え室にふたりでいると、ふっと記憶が蘇った。

「……そういえば、この会場。あたし、久しぶりかも。ハートタルトのリリイベ以来」

「あぁ……、そうね。わたしもあれ以来だわ」

由美子の静かな声に、千佳が同調する。

今回のイベント会場は、以前にも由美子たちは使用したことがある。

ハートタルトのファーストシングル・リリースイベント。

乙女がケガをして、由美子と千佳だけでライブをした会場だ。

乙女にとってはもちろん、由美子にも千佳にも苦い記憶を残した場所だった。

「それほど昔の話ではないのに……、なんだかやけに懐かしく感じるわね。とてもいい思い出とは言えないけれど……」

千佳はぼそりと呟く。

乙女抜きでライブを決行したが、盛り上げ切ることはできず、ふたりは無力感に打ちひしがれた。あの千佳が、涙を流したくらいに。

いくら由美子でも、あの涙を茶化すことはできなかった。

自分も泣きたいくらい悔しくて、力不足であることを痛感したから。

「あの頃に比べたら、少しは……。乙女姉さんに近付けたのかなあ」

ぼんやりと言う。

この会場で、いつか乙女を超える、もっとすごい声優になる！　とふたりで誓ったものの、乙女はどんどん輝きを増している。

自分たちも進歩していると思うけれど、乙女だって同じように前を進んでいるのだ。

彼女の軽やかな足取りを見ていると、自分たちの歩みで追いつけるのか不安になる。

その背中の遠さに、う～ん、と唸ってしまった。

「……あなたは、随分と近付いたんじゃないの」

「ん？　渡辺、なんて？」

千佳が小さく何かを呟いたが、聞き取れなかった。

聞き直すと、千佳はあからさまに不機嫌になる。

「何も言ってないわ。集中したいから、少し黙っていてくれる？」

「はぁ？　そっちがなんか言ったんでしょうが。今日のあんた、機嫌悪すぎない？」

由美子が反論すると、千佳はそっぽを向いて無視してしまう。

それにイラっとはするものの、彼女は彼女で思うところがあるのかもしれない。

ここは、自分たちの力量のなさを省みた会場だ。

初心に戻った気分で、由美子も静かに朝加たちを待った。


そして、イベント本番。

由美子と千佳は、ステージ袖で待機していた。

既に客席は満員になっており、彼らの熱い視線がステージ上に注がれている。

その視線を一身に受けためくると乙女が、ふたりだけで話を進めていた。

「それにしても、乙女ちゃん。コーコーセーコンビも偉くなったもんだねぇ。あの桜並木乙女をステージに出しておいて、自分たちは引っ込んでるんだから」

「まぁまぁ、めくるちゃん。今日は、あのふたりの卒業式だからね。主役だから。まぁこうして、先輩たちだけ働かせるのは、どうかと思うけどね？　前説までやらせてねぇ。進行はめくるちゃんに投げてるし、やりたい放題だよね。びっくりだよ」

「めちゃくちゃキレてるじゃん。わたしそこまで言ってないよ」

ふたりのとぼけたやりとりに、客席は笑いに包まれている。

今をときめく人気声優と、自他ともに認めるラジオ声優がトークを広げているのだから、会場の空気はしっかり温められていた。

ふたりの冗談に由美子も笑っていると、スタッフさんからの指示が入る。

出番だ。

「と、いうわけで！　そろそろ主役のふたりに出てきてもらいましょう！　『夕陽とやすみのコーコーセーラジオ！』パーソナリティ、夕暮夕陽ちゃんと歌種やすみちゃんです！」

めくるの高らかな宣言とともに、普段番組で使われているＢＧＭが流れ始める。

由美子と千佳が袖から姿を現すと、拍手が沸き起こった。

たくさんのお客さんの視線が降り注がれる。

それに温かい気持ちになりながら、千佳とともに挨拶を投げ掛けた。

「おはようございます。夕暮夕陽です」

「おはようございまーす、歌種やすみでーす」

客席に向かって手を振ると、拍手がさらに大きくなり、名前を呼ぶ声が飛んでくる。

嬉しいなあ、と思いつつも、まずはやることがあった。

早速、由美子と千佳は乙女たちに物申す。

「乙女姉さんも柚日咲さんもさぁ。本人がいないからって、好き放題言いすぎじゃない？　あたしたちだって、この状況ずっと不安だったんだから」

「自分たちの番組なのに、オープニングから引っ込んでるなんてなかなかないですよ」

ふたりの批難も、めくるはするりと受け流してしまう。

「まま、ふたりは卒業生ってことだから。わたしたちは先生役なの。これ見て」

めくるがそう言いながら、掛けていた眼鏡をクイっと動かす。

乙女も笑いながら、同じように動かしていた。

その瞬間、客席から謎の歓声が上がる。

確かに、彼女たちの顔には見慣れぬ眼鏡があると思っていたが……。

「あ、その眼鏡、先生役だから掛けてるの⁉」

「先生だから眼鏡っていう発想もどうなんですか……？」

……という具合に。

お互いにボケたりツッコミを入れたりしながら、四人で進行していく。

由美子も千佳もイベントはいくつもこなしているし、乙女やめくるはさらに慣れたもの。危なげなく、盛り上がりながら進んでいった。

一応、卒業式ということで、コーナーはそれを模したものになり、募集メールも『卒業したいこと』『今までの番組での思い出メール』など、それらしいものが選ばれた。

とはいえ、さすがにバラエティなのでしんみりすることもなく、笑いの数も多い。

いつもどおりの、楽しく笑えるイベントだったろう。

そうしているうちに、あっという間に最後のコーナーに移った。

「それでは最後は、卒業証書授与……、のコーナー！」

めくるが台本に目を落としながら、芝居がかった口調で声を張り上げた。

「卒業証書授与の、コーナーて。聞いたことないよ」「何の卒業証書なのかしらね」と由美子と千佳が茶化している間に、乙女がスタッフさんから何かを受け取る。

そして、乙女の前には由美子、めくるの前には千佳が並んだ。

なんだか大袈裟だし、つい由美子は笑ってしまう。乙女も同じように笑みを浮かべていたが、おほん、と咳払いをしたかと思うと、卒業証書を読み始めた。

「夕暮夕陽さん、歌種やすみさん。卒業、おめでとうございます。顔を合わせば喧嘩ばかりで、最初はどうなることかと思いましたが、今ではふたりとも立派なパーソナリティになりましたね。不安だった口喧嘩も、今ではみんなが待ち望むようになりました。打ち切りの危機もありましたが、それを乗り越え、ここまで続けられたことは――」

案外真面目な文章だ。考えたのは朝加だろう。

つい、ちらっとステージ袖を見てしまう。

彼女も、あそこからこのイベントを見守っているはずだ。

当時は朝加も、頭を抱えただろうな、と今さら思う。

ディレクターの大出に丸投げされた挙句、由美子と千佳は喧嘩ばかり。

同じ学校、同じクラスというコンセプトは、始まってみるとあまり武器にはならず、キャラを作っていたせいで大してしゃべりも面白くない、という始末。

24回で打ち切られそうになったのは、仕方ないかもしれない。

だというのに、ここまで続いて、今もこうしてイベントが行われて。

その事実に、そんな空気じゃないのに少しだけしんみりしてしまう。

「卒業、おめでとうございます！」

めくると乙女の声が重なり、卒業証書を渡された。わざとらしく、恭しく受け取る。

そこで拍手が巻き起こり、なんだかむず痒い気持ちになった。

さらにそこで、予想外のことが起きる。

ステージに用意されていたスクリーンに、パっと画像が映し出されたのだ。

写真だ。

番組が始まった頃の、由美子と千佳の姿が映っている。

今よりも、ふたりとも少しだけ顔が幼い。当時はまだキャラを作っていたので、仲が良さそうに頬をくっつけていた。

こんなの、聞いていない。

「え……、なに？　何が始まったの？」

隣にいる千佳が、戸惑いながらスクリーンに目を向けていた。

そうしているうちに、画像が切り替わる。

次に映し出されたのは、先ほどの写真から数秒後に撮られたもの。

同じシチュエーションなのに、お互いが目を三角にして煽り合っているものだった。

今にも罵詈雑言が聞こえてきそうな。

先ほどとの高低差に、客席から笑い声が聞こえてくる。

この展開に由美子たちだけが置いていかれ、その間にも次々と写真が映し出されていった。

いつの間にか、切なげなピアノミュージックまで掛かっている。

「なにこれ？　あたしらの今までの写真？　思い出的な？　え、こんなタイミングで流す？」

どの写真にも見覚えはあるし、制作側の意図も読めはする。

ただ、サプライズとしてやられても、反応に困るものだった。

そうは言いつつも、スクリーンから目が離せない。

二年前から、今に至るまでの写真が順々に流れていく。

番組が始まったばかりのぎこちないふたりから、徐々に慣れてきたふたりへ。

こうして時系列に見ていると、明らかにふたりの表情はやわらかくなっていた。

ラジオ合同イベントのときの写真も映し出される。

体操着のような衣装に身を包んだ、乙女たちだ。

ドッヂボールで必死になってボールを投げる由美子たちや、告白コーナーで顔を真っ赤にしている乙女の姿があった。

「わ、これ懐かしいね！　このときもこの四人だったよね！　楽しかったなあ」

「あぁ、これねー。乙女ちゃんが優勝したんだよね。あのときの焼肉、おいしかったなあ」

乙女とめくるが、声を弾ませる。

今度は、修学旅行のロケの写真が登場した。由美子と千佳が白いセーラー服、めくると花火が黒いセーラー服姿で動物園を歩いている。

「うわ、懐かしー。あったね、こんなのも。東京周辺なのに一泊二日だったアレね」

「あ～、いいなあ。楽しそう。わたしもこの旅行、呼んでほしかったなあ」

「いや旅行ではないのよ乙女ちゃん。なかなかパンチの利いた低予算ロケだったよ？」

ふたりははしゃいだ声を出すが、そんな乙女たちに千佳が苦言を呈す。

「……いや、サプライズで思い出を振り返る感じになってますけど。なんか、泣かせようとしてませんか？　卒業式の空気に乗じて。でも、この番組では無理がありますよ」

そうなのだ。

卒業式というテーマもそうだったが、雰囲気的に「演者を泣かせてやろう！」という大人の嫌な気配をすごく感じる。

思い出を振り返る、今までの写真を出す、切ない音楽を流す……、というのは有効に思えるが、この番組でされても困ってしまう。由美子も、ついしかめっ面を作ってしまった。

「えっ、ダメ⁉　わたし、結構良いと思うんだけど……」

乙女が驚いた声を上げて、スクリーンと千佳たちを見比べている。

由美子もすぐに千佳に賛同した。

「いや、無理あるって。普通の番組ならまだしも、あたしらだし。雰囲気でゴリ押しされてもさ。無理無理無理」

ちょっと流されそうになったのを隠しながら、由美子は手を振る。

まるでそれを見越したように、めくるが笑みを浮かべた。

「それなら、これは？　……はい、せーのっ」

めくるが掛け声とともに、身体を客席に向ける。

彼女が指揮者のように手を広げると、客席のお客さんが一斉に口を開いた。

その瞬間、流れていたＢＧＭが消える。

同時に、歌が奏でられた。

この会場のお客さん全員での、合唱だ。

その歌声は重なり、大きく広がって、ステージへ向かってくる。

卒業式では定番の、物凄く有名な曲だった。

めくるが手を振り、乙女もその歌に参加し、本当に卒業式のような空気に——。

「——いやいやいやいやいや。ならないです。なりませんって。無理です」

千佳が心底呆れた顔で、手をぶんぶんぶんと振った。

「え、えぇぇぇぇ⁉　これでもダメ⁉」と乙女が困惑の声を上げる。

「これでも、と言われても……。こんなバラバラな合唱を突然聞かされても……。せめて、合わせてくれませんか……。え、もしかして、これのためにふたりが前説入ったんですか。お客さんに歌わせるために？」

感動を押し付けるにしても、もっとやり方考えてくれませんか……、と千佳は当惑する。

確かに、スクリーンは写真をただ流しているだけだし、彼らの合唱も急ごしらえのバラバラ。

何の前触れもなく歌い出したせいで、困惑のほうが強かった。

乙女は千佳の反応に狼狽えていたが、やがて肩を落とす。

「合ってないのはしょうがなくて……。練習すると、夕陽ちゃんたちに聞こえちゃうから、ぶっつけ本番なの……。前説で、歌ってください！　ってお願いはできたんだけど……」

ふたりだけ呼ばれた打ち合わせも、前説も、本当にこのためだったようだ。

その事実に、千佳はより呆れの表情を強くしている。

めくるは「空気読んでよー、こうやってみんなで頑張ってるのに」と文句を投げ掛けた。けれど、そう言っているめくるも、お客さんたちも全員苦笑している。

だれもが「これで本当にいいの？」と思いながらやっているのが、見て取れた。

番組側が一生懸命泣かせようとしたのに、思った以上にまぬけな構図になり、呆れるばかりで目論見が外れてしまう。

オチとしてはおいしいし、この番組的にも、らしいと言えばらしい。

それはわかっているのに。

「ちょっと。やすも何か言って……、やす？」

最悪のタイミングで、千佳が顔を覗き込んできた。

とはいえ、由美子はさっきから黙り込んでいたので、それも仕方がない。

黙っていた理由は、とても単純。

千佳がそれに気付き、ぎょっとして身を引く。

「……あなた泣いてるの!?　これで!?　嘘でしょ？」

由美子は必死で隠そうとしていたのに、暴露されてしまう。

慌てて、言い返した。

「な、泣いてないしぃ～……」

その涙に染まった声が、なによりの証拠だった。

我慢していたが、それで一気に崩壊してしまう。

ううううう～～～……、という声を漏らしながら、由美子は両手で顔を覆う。

感情がぐぐ～……、っとこみあげてきて、それが涙に変わってこぼれ落ちていった。

仕方ないではないか。

こんな冗談みたいな泣かせ方でも、ぐっと来てしまったのだから。

だって。

この二年間を振り返るようなことをするから。

スクリーンに映った写真は、『夕陽とやすみのコーコーセーラジオ！』の歴史だ。

ひいては、由美子と千佳の歴史でもあった。

ラジオが始まって間もなく行われたリリイベと同じ会場であること、由美子自身が卒業を強く意識していることも大きい。

ただでさえ、「離れ離れになるのかなあ」と不安になっているところなのに。

『裏営業疑惑』のことを批難したためくるや、過労で活動休止になった乙女。

そして、『裏営業疑惑』で「声優をやめる」と涙を流した千佳。

みんな一歩間違えれば、由美子のそばから離れてもおかしくなかった。

でも、今もいっしょにいられる。

それは、合唱してくれたお客さんも。

由美子たちはキャラを作って騙していた過去があるのに、こうして集まってくれている。

みんな揃って、声優としてこの場に立てている。

それを一度考えてしまったせいで、こんな状況でも涙を堪えられない。

我ながら、随分と涙もろくなったものだと自嘲したくなる。

昔は、人前で涙なんて見せなかったのに。

それもこれも、千佳のせいだ。

千佳がそばにいるせいだ！

恨みがましく彼女を見ると、千佳は完全に呆れ果てていた。

そんな不釣り合いなふたりに対し、乙女は喜びの声を上げる。

「やったぁ、大成功〜！」

両手を合わせて、可愛らしくはしゃぐ乙女に、千佳は口を曲げる。

「いえ、これはやすが涙もろいだけです……。あなたもいい加減、泣きやみなさいな」

悔しいが、そのとおりだと思う。

こんな雑で、強引で、大人の思惑ばかり感じられる展開だったのに！

それでも涙は止まらず、「くそぉ〜……」なんて声が出て、客席からは笑い声が上がった。

イベント終了後。

由美子は空っぽの客席に、ぼうっと座っていた。

お客さんは既に全員退場済みで、ホールの中にはだれもいない。

撤収作業はもう少しあとの予定らしいので、しばらくはこの無音の空間に居られる。

キャスト陣が残る理由はなく、めくると乙女は次の仕事のためにそそくさと出て行った。

一方、由美子は特に予定もないので、なんとなく居座っている。

スン、と鼻を鳴らした。

イベント中に思わず泣いてしまった余波が、まだ残っている。

目は赤いし、頭の中はぼんやりしていた。

物憂げに、だれもいなくなったステージをただ眺めている。

思い出にすがるように、ぐずる子供のように、その場に留まり続けていた。

「……あぁ。あなた、こんなところにいたの」

千佳が、ステージの袖からひょこっと顔を出した。

既に私服に着替えていて、帰る準備は整っているようだ。

彼女は客席に降りてきて、由美子のそばに立つ。

由美子は気だるげに、彼女を見上げた。

「……なに渡辺。なんでわざわざ来たの」

もしかして、自分を探しに来たのだろうか。

かつて、この会場で自分も彼女を探し回ったように。

そんなことを考えないでもなかったが、千佳はあっさりと否定してしまう。

「リリイベの話をしたでしょう。それで何だか懐かしくなって、会場を見て回っていたのよ」

「……あぁそう」

別に期待していたわけではないが。

あっさり否定されると、それはそれで寂しくなるのだから勝手なものだ。

そう考えると、以前とは立場が逆だな、と思う。

あのときは千佳がひとりで落ち込んでいて、そこに由美子がやってきた。

ふたりきりの舞台袖で交わした、「いつか、乙女姉さんを超えよう」という約束は、ふたりの中に今もしっかりと刻まれている。

「あなたは？　なんでこんなところにいるの」

千佳からまっすぐに問われ、正直に答えるか迷う。

弱音を吐く姿は見せたくないし、彼女にまた呆れられるかもしれない。

しかし、思ったより泣くことに体力を使っていたらしく、気付けば力なく答えていた。

「……なんかしんみりしちゃっただけ。振り返ると、いろんなことがあったな、って。あたし、卒業式では泣かないつもりだったけど、まさかここで泣かされるなんてね……」

　この二年間は、本当にいろんなことがあった。

　その思い出が思わぬ形で呼び起こされ、やたらと感情を揺さぶられてしまった。

　制作陣だって、そこまで効くとは思ってなかっただろうに。

　不覚。

　それは今も尾を引いていて、由美子の心は寂しさの中に浸かっている。

　卒業することも、千佳のことも、まだ割り切れていないのが原因だった。

　自分にも原因があるとは知らない千佳は、案の定、呆れたような声を出す。

「あなたは感受性豊かよね」

「渡辺が何も思わないだけじゃないの」

　そっけなく言い返すも、言い合いする気力もない。

　ふっと息を吐いてしまう。

　ステージに目を向けたまま、彼女に尋ねた。

「ねぇ、渡辺」

「なに」

「やっぱりさ、卒業したらみんなバラバラになっちゃうのかな。最初は悲しんでても、そのうち何とも思わなくなって、当たり前になって、いつの間にか忘れちゃって。大切な相手だったってことも、思い出せなくなって。でも、それが痛いとも思わなくなるのかなぁ」

『あたしたち、バラバラになっちゃうのかな』と言わなかったのは、最後の意地だ。

ここまで弱音を吐いておきながら、そこは踏み越えないあたり、意気地なしだな、と自分でも思うけれど。

意気地があったら、さっさと「大学どこ行くの？」って訊いていただろう。

これは、弱音を装った最後の質問なのかもしれない。

もしかしたら、そんな話になるかも、とわずかに期待した何とも消極的な質問。

当然、千佳は由美子の真意に気付くはずもなく、由美子を見下ろす。

小さく肩を竦めてから、彼女もステージに目を向けた。

「そういうものなんじゃない。わたしにはあまりわからない世界だけれど——、普通は疎遠になるものだと聞くし。大学の友達が一生の付き合いになる、という話もあるけれど……。裏を返せば、小中高の友人はどこかで疎遠になる可能性が高いってことでしょうし」

気が重いことを言う。

それはあくまで一般論であるし、由美子の友人が揃って離れていくとは想像しづらい。

纏の言うとおり、繋ぎ止めようと思えば、縁は繋がったままでいられるはずだ。

そこは自信があった。

けれど、渡辺千佳に対してだけは。

由美子は最後まで意地を張って、その縁から手を離してしまうかもしれない。

千佳だって、それはきっと同じ。

そうして互いに意地を張るうちに、千佳が今言ったように疎遠になっていくのだろうか。

由美子が黙り込んでいると、千佳は目をぱちぱちさせた。

由美子が、相当落ち込んでいると感じたらしい。

珍しく、励ますようなことを口にした。

「何をそこまで思い詰めているか知らないけど……。あなただったら、どうせすぐ友達なんてできるでしょう。そこは気にしなくていいんじゃない」

「…………………」

励まし方が下手すぎる。

友達と離れちゃうなんて寂しい～、と言ってる奴に、「すぐ新しい友達できるでしょ」って返すのは悪手すぎるだろ。新商品の話をしてるんじゃないんだからさぁ。

いや、千佳にこんな話を持ち掛けること自体、お門違いだ。

人間関係の問題で、千佳が優れた答えを出せるわけがない。

人の心がなさすぎる返答にイライラし、由美子はヤケクソ気味に声を上げた。

「あー、そうねえ！　あたしとあんたもそうなるかもね！　卒業して、進路がバラバラになって、そのうち会うこともなくなってさ。でも、新しい環境ですっかり忘れて、あぁあんなこともあったな、って思うようになるのかもね！」

思ったより大きな声が出て、静まり返ったホールに響いてしまった。

八つ当たりだな、と自分でも感じる。

千佳は眉を顰めて、由美子を見つめた。

コーコーセーラジオの打ち切りを告げられ、千佳が『幻影機兵ファントム』の主役に抜擢されたときのことを思い出す。

当時、由美子は激情に支配され、心ない言葉で八つ当たりしてしまった。

あのときみたいに、彼女は「感じ悪いわよ」と睨みつけてくるかもしれない。

あぁそうだ、自分が悪い。

さすがに同じ過ちを犯すわけにはいかない。

素直に謝ろう……、と由美子が心の中でブレーキを掛けていると。

千佳は、さらりと答えた。

「わたしとあなたは、違うでしょうに」

「は？　なにが……？」

予想外の返答に、由美子は気の抜けた声を出してしまう。

千佳は訝しげな表情を抑えることなく、かぶりを振った。

「前提からして違う。そもそも、わたしとあなたは友達でも何でもない。わたしは声優で、あなたも声優。この業界から立ち去るならともかく、ずっとここにいるんでしょう。それとも、どこかで脱落することを考えてるの？」

「いや……、できれば、一生やりたい、けど……」

思わぬ物言いに気圧されるまま、ただ言葉を投げ返す。

すると、千佳はなぜか不快そうに話を進めた。

「そうね、わたしも一生いるつもりよ。そうなると、真に遺憾だけれど——。わたしたちには、どうせ物理的な距離なんて関係ないでしょう。わたしはあなたの名前を見るたび、あなたはわたしの名前を見るたび、意識する。繋がってしまう。お互いを感じてしまう。会わなくなったって、関係ないわ。いつだって、そこにいるんだもの。ほとんど呪いよ」

「——————」

千佳は苦虫を噛み潰したように言っていて、由美子はそれにぽかんとしてしまう。

それでもその言葉は、やけにすんなり由美子の中に染み込んだ。

まるで、ずっと詰まっていたものがスポン、と抜け落ちたようだ。

風通しのよくなった頭で、彼女の話を反芻する。

千佳の言うように、由美子は声優を続けるかぎり、ずっと千佳の名前を追い続ける。夕暮夕陽の名を見るたび、声を聴くたび、ずっと意識してしまう。

まるで常に目の前にいるように、意識せざるを得ない。

下手をすれば、一生。

そしてそれは、彼女も同じ。

だって自分たちは友人ではなく、ライバルだから。

……そんな簡単なことに、今まで気付かなかった。

学校のように、環境が大きく変わることもない。

声優業界の中で、ずっと切磋琢磨し続ける。

お互いにお互いを感じ続ける。

少し会わなくなったくらいで、夕暮夕陽を意識しなくなるなんてこと、ありえるか。

ありえない。

ありえないのだ。

あぁ――。

そっか。

そう、だったんだ。

由美子が今まで見失っていた事実に何も言えなくなっていると、千佳はさらに口を開いた。

嫌そうな表情が見下すような顔つきになり、下手な冗談を口にする。

「それこそ、あなたはティアラの朗読劇をする前に、言っていたじゃない。そばにいなくても、ずっとわたしを見てるからって。不安になれば、こっちを見ればいいって。——だってわたしたち、運命共同体なんでしょう？」

千佳は心からつまらないジョークを言ったように、肩を竦めている。

まさか、彼女からそんなことを言われるとは思っていなかった。

確かに、『ティアラ☆スターズ』のイベント前、緊張する彼女にそう告げたけれど。

その言葉が、そのまま返ってくるなんて。

運命共同体、だなんて。

思わず、由美子はハンっと鼻を鳴らしてしまう。

「クサすぎ」

「は？　あなたが言ったんでしょうに。腹立つわね」

千佳は眉を上げて反論してくるが、由美子は聞き流して背もたれに寄りかかる。

はあっ、と息が漏れた。

胸に染み込んだ言葉に意識を向けながら、由美子はしみじみと答える。

「そっかぁ。渡辺はそんなふうに考えてたんだなぁ」

「……？　あなただってそうでしょう？」

千佳はまるで当然のように、そう問いかけてくる。

彼女にとっては、疑いようのない決まり事だったらしい。

乙女やめくる、若菜に朝加。

口にしていないだけで、ほかの人たちも。

そして、だれよりも由美子自身が。

ふたりの関係はどうなるのか、心配で心配で仕方ないくらいだったのに。

みんなも「このままでいいの？」と気遣ってくれていたのに。

千佳だけはとっくの昔に、「物理的な距離なんて、関係ないでしょ」と悟っていたなんて。

全く。

千佳は時折、思わぬところで由美子の予想を大きく超えてくる。

由美子は質問には答えず、頭の後ろで手を組んだ。

もうステージに目を向けることはなく、千佳に直接投げ掛ける。

「お姉ちゃんって、思ったよりあたしのこと好きだよねぇ」

「はあ……？　なんでそういう話になるの？　突飛な話題で煙に巻いて、マウントを取るのやめてくれない？　あまりに雑だわ」

千佳は心から嫌そうに、口を曲げている。

そんな表情ですら、今の由美子にはかわいいものだ。

わはは、と笑ってから、気持ちよく伸びをした。

NOW ON AIR!! 第97回

「夕陽と」

「…………」

「ちょっと？」

「え～……。もう始めんの？　まだよくない？　ていうか、今日の収録もうよくない？」

「何をぐずってるのよ……。ほら、さっさと始める。逃げていても、仕事は終わらないわよ」

「わかった、わかったから。じゃあこうしない？　今回はメールを読まない。今日は三十分、フリートークとコーナーで繋げよう。ね」

「あなたね。イベント終わったあとの収録で、メールを読まないなんてありえないでしょうに。感想メールだってたくさん……、あぁ、そういうこと？」

「なに」

「あなた、感想メールを読まれるのが嫌なのね。それはそうよね。あんな雑なお涙頂戴展開で、あれだけ無様に泣いて——」

「やすみの！　コーコーセーラジオ！」

「ちょっと」

「おはようございます、歌種やすみです、こっちは夕暮夕陽！　この番組は偶然にも同じ高校、同じクラスのあたしたちふたりが、皆さまに教室の空気をお届けするラジオ番組です！」

「照れ隠しが強引すぎる。人の挨拶を取らないで」

「あ、やっぱりユウ的には、この挨拶は自分で言いたい？　百回くらいやってるから、そこのこだわりは強い感じ？」

夕陽とやすみのコーコーセーラジオ！

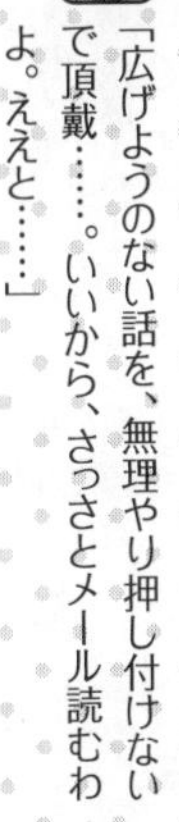

聞きたいなあ、その話！」

「広げようのない話を、無理やり押し付けないで頂戴……。いいから、さっさとメール読むわよ。ええと……」

「あ、あたしも読むね。これは番組の思い出メールだね。ラジオネーム、〝とろろしゃけこんぶ〟さん。『夕姫、やすやす、おはようございます』。はい、おはようございまーす！」

「ちょっと……？　あたしも読むね、ってなに……？」

「『印象に残っている番組の思い出は、さくちゃんがゲストに来た回です！　あのとき、やすやすとさくちゃんはお泊まり会をしたと言っていましたが……』」

「勝手にメールを読まない。まずは感想メールから、って言われたでしょうに。止まりなさいな。ちょっと？」

「『夕姫とお泊まり会をした、という後日談も面白かったです』……、だって。あー、懐かしいねえ。結構前の話になるかな？　あの頃は、いろいろと……」

「ぜ、ぜんぜん止まらない……。そっちがその気なら、こっちだって考えがあるわよ。ラジオネーム、〝言い訳していいわけ？〟さんから頂きました。『夕姫、やすやす、おはようございます。イベント、行きました！　とにかく印象に残っているのは、みんなでやった合唱と、それにやすやすが泣いてしまったことで――』」

「あー！　次のメール！　ラジオネーム、〝おっさん顔の高校生さん〟から――！」

to be continued……

◆

千佳はひとり、ただまっすぐに道を歩いていた。

暗い道を延々と歩いていたら、後ろから「渡辺〜」と声を掛けてくる少女が現れる。

由美子だ。

彼女が手を振っているので、千佳はこくんと頷いて、また前に向き直る。

いつの間にか、前には乙女が歩いていた。

にこっと人好きのする笑顔を見せたかと思うと、手を後ろで組んで楽しそうに前を行く。

ほかにも、めくるや花火、ミントや飾莉、纏が千佳の周りを歩いていた。

ずっと先のほうには、森や大野も。

そこで、後ろから声が聞こえてくる。

「夕陽せんぱーい！」

遠くのほうで、結衣が声を上げていた。

「夕陽せんぱーい！」

次はさっきより近くで、はっきりと聞こえた。

「夕陽先輩」

気が付けば、耳元で囁かれた。

はっとして振り向くと、そこにはだれもいない。暗闇が広がっている。

目を瞬かせていると、今度は別の方向から声が聞こえた。

自分の、前だ。

「ありゃ。結衣ちゃん、ここまで来たんだ。ユウ、案外あっさり抜けちゃったね」

「そうですねぇ。拍子抜けしちゃいましたね。いざ超えてみると、夕陽先輩も大したことなかったですねー」

そんなことを話しながら、由美子と結衣が前を歩いている。

千佳は慌てて、周りを見回す。

彼女たちは既に自分の前を行き、刻一刻と背中が遠ざかっていた。

自分の足はどんどん重くなっているのに、ふたりの足取りはあくまで軽やかだ。

千佳を尊敬していた後輩声優ふたりは、もう千佳のことなど見えていないかのように、明るく笑っていた。

歌種やすみと高橋結衣。

夕暮夕陽は、その背中を呆然と見送り――、

――同時に、激しい怒りを覚えた。

気が付けば駆け出しており、由美子に激しいドロップキックを炸裂させる。

彼女は「んぎっ⁉」とまぬけな声を出して倒れ、「何すんの⁉」と抗議の声を上げた。

そんな彼女の背中を踏みつけながら、千佳は——。


「……はっ」

パっと目を覚まし、通りすぎていく光景に困惑する。

ぱちぱちと瞬きをしていると、前から声が聞こえた。

「あ、夕陽ちゃん。起きた？　もうちょっとで着くから、そろそろ起こそうと思ってたの」

運転席には、夕暮夕陽のマネージャーである成瀬珠里の姿があった。

ハンドルを握った彼女は、ルームミラー越しに微笑む。

今は、現場から現場への車での送迎中。

その途中で、眠ってしまったらしい。

窓の外に目を向けると、外は真っ暗。外灯や建物の光がわざとらしく後ろに流れていく。

千佳が目を擦っていると、成瀬はこちらを気遣う笑みを見せた。

「……お仕事、ちょっと忙しかった？」

「あぁ、いえ。大丈夫です。ただ、集中したい仕事があるので。そのせいで、寝不足に」

慌てて否定した。

キャパオーバーと判断すれば、成瀬は容赦なく仕事を減らす。
成瀬は「そっか」と納得しつつも、それ以上は聞いてこない。
千佳が必要だと判断したら、自分から聞いてくるだろう、とわかっているからだ。
だから、千佳は成瀬に尋ねる。
「成瀬さん。わたしの、声優としての魅力ってなんでしょうか」
「魅力？」
突然の質問に、成瀬はオウム返しする。
魅力という言い方が不適切なら、強み、能力、パラメーターと言い換えてもいい。
自分は、どんな声優なのか。
何が長所なのか。どういった力があるのか。
――どうすれば、結衣を超えられるのか。
考えているのは、その一点。
『屋上のルミナス』の最終回まで、あと一話。
一話先の最終回では、千佳は結衣を超える演技を見せなくてはならない。
そのために何をすべきか、ずっと考えている。
その中のひとつが、自分の演技を見直すことだった。
「夕陽ちゃんの魅力かぁ。いっぱいあるけど――」

脈絡のない質問にもかかわらず、成瀬は理由も聞かずに考えてくれる。

普段のおっちょこちょいな成瀬はどこへやら、冷静な声色でつらつらと語った。

「まずは、声質だと思う。心地よい低音はとっても魅力的だし、反面、可愛らしくて高い声も得意だよね。声の幅が広いし、使い分けがすっごく上手いよ」

「…………………」

褒められて嬉しいと思うよりも、「それは結衣も同じだ」という気持ちが先行する。

千佳と結衣の声質は、大きく変わらない。

結衣が千佳に寄せるせいで、似た印象は拭えなかった。

「あとは、勤勉だよね。真面目。演技を突き詰めて突き詰めて、自分のものにするための努力を怠らない。それが、安定した演技力を作り出しているのは間違いない。安定感にかけては、新人の中では群を抜いてるよ。声質と勤勉さ。それが、夕暮夕陽の魅力じゃないかな？」

「……それだけですか」

「それだけ、ってことはないと思うけど……。どっちもびっくりするほど、大切なことだからね？」

珍しく、成瀬に窘められてしまう。

千佳が黙り込むと、成瀬は続けて口にした。

「恵まれた声質、ディレクションに対応できる引き出しイコール勤勉さ。声優にとってなにより大事な要素じゃない？」

それは、そのとおりだ。

けれど言ってしまえば、声優が声優であるために必要な標準装備だとも思う。

それに加えての、その人の武器。魅力。強み。

千佳はそれを探していた。

たとえば、高橋結衣。

彼女は声優の真似が得意で、人の演技を自分のものにしてしまう器用さ、耳の良さを持っている。とても優れた武器だ。

たとえば、歌種やすみ。

彼女が魅せる、感情の爆発。シラユリやレオンのときに見せた、憑依した、としか言いようのない集中力。入り込み。心を奪う、圧倒的な武器だ。

それに比べると、自分には武器がないように思えてしまう。

どうやら、その悩みは薄々伝わっていたらしい。

成瀬はちらりとこちらを見て、「……高橋さんのことかな？」と言い当てた。

千佳が頷くと、成瀬は苦笑いを浮かべる。

「確かに、高橋さんはすごいよね。物凄く器用だし、あそこまで人の演技を真似できる子はほかにいない。音響監督さんもすごく使いやすいだろうし……。数年は、絶対に喰いっぱぐれないよ。大きな武器を持っていると思う。でもね、歌種さんもそうだけど――、普通は、あんな特殊な武器を持っている人のほうが少ないよ？　そこは考えなくていいんじゃないかな？」

再び窘められ、千佳は顎に指を当てる。

確かに、由美子と結衣が特殊なだけ、と言われたら否定はできない。

ないものねだりなのもわかっている。

だが、そんな結衣や由美子の前を行くために、千佳は頭を悩ませているのだ。

羨ましくなっても、仕方がない話ではあった。

それを見越したように、成瀬はこちらを一瞥する。

「わたしはそんな飛び道具よりも、その勤勉さを武器だと思って、大切にしてほしいな～……。どんなものにも通用する、この世界で生き残るために絶対必要なものだから」

それに、と成瀬は続ける。

「たとえば高橋さんの武器だけど――、彼女には大きな弱点があるよ？」

「なんですか？」

思ってもみないことを言われ、千佳は問い返す。

結衣の弱点。

それは、牙城を崩す鍵になるかもしれない。

思わず前のめりになる千佳に、成瀬は淡々と答えた。

「高橋さんは器用だからこそ、なまじ何でも演じられるからこそ、足りないものがあるの」

そう言いながら、成瀬はゆっくりとブレーキを踏んだ。

赤信号を前に、車は緩やかに停車する。

そこで、成瀬は千佳に振り向いた。

笑顔で、自分の胸を軽く叩く。

「魂だよ」

「……………………………」

千佳は、思わず肩を落としそうになった。

成瀬珠里は敏腕だ。彼女の力をありがたく思ったことは、今まで数えきれないほど。

けれど同時に、成瀬は結構なロマンチストでもあるのだ。

「……精神論はやめてくれませんか。演技には魂を込めろ、とでも言うんですか？」

「えぇ？　夕陽ちゃん、精神論はバカにできないよ！　あ、この場合は感情論、とでも言えばいいのかな」

てっきりいつもの抜けた発言かと思いきや、成瀬は大真面目らしい。

信号が青に変わったので、アクセルを踏みながら成瀬は言う。

「ロジカルに演技をする人もいれば、感覚で演じる人もいる。高橋さんは、演技のロジックがあるよね。たぶん、真似をするときも感覚じゃなくて、『このポイントを真似すればいい』っていうのを取捨選択してる。だから、いろんな演技を混ぜても成立する。しっかりした演技論を持っていると思うんだ」

そんなこと、千佳は考えもしなかった。

あの性格を見ているせいもあるが、てっきり感覚でやっているものかと。

しかし、成瀬の言うとおりではあった。

ただ真似をするだけならば、演技をあれほど高めることはできない。

彼女が厄介なのは、いろんな声優のいいとこ取りをする、できる、器用さだ。

ちゃんと見ているんだな……、と千佳が成瀬を見直していると、成瀬はさらに続ける。

「その、高橋さんの真逆にいるのが、歌種さん！　歌種さんは感覚的というか、感情で演じている〝部分〟がある。普段はそうでもないけど、一気に振り切るときがあるよね。わたしはそこに、〝魂〟を感じる。……夕陽ちゃんも、同じじゃないかな？」

問いかけられ、千佳は肯定も否定もできない。

迷ったからではなく――、そのとおりだ、と思ったからだ。

成瀬の言う魂を感じた演技とは、シラユリのときに見せたような、感情の爆発。

シラユリやレオンを憑依させて、彼女たちの言葉をそのまま告げる。

まさしく魂を込めた、無茶苦茶な演技。

あれは計算ではできない。

だからこそ、心を動かされる。

千佳が歌種やすみの姿を思い描いているうちに、成瀬は話を進めた。

「魂の演技の真逆にいるのが、高橋さんだとわたしは思うんだ。良い悪いの話じゃなくてね。たぶんだけど、高橋さんでもあの歌種さんの演技は真似できないんじゃないかな～。理屈じゃないもん。あれは、歌種さんが歌種さんだからこそ、できる演技だから」

それは――、千佳も感じた。

あんな理不尽な演技、真似しようと思ってできるものではない。

いくら高橋結衣でも、だ。

由美子本人が聞いたら、「……計算じゃないから真似できないってこと？　それって褒めてる？」と微妙な顔をしそうだが。

そもそも彼女だって、意識してやっているわけではないのだし。

千佳はそこで、話を自分の悩みに戻した。

「ですが、成瀬さん。わたしも、やすか高橋さんか、と言われれば、高橋さん寄りだと思うんですが……」

「そうだね。夕陽ちゃんは器用だし、演技もロジカルだよね。だからこそ、ふたりとも安定感がある。それがさっきの長所の話になってくるし、武器だと思う。わたしはそのままでいいと思うんだけど……」

そこで、成瀬は少しだけ渋い顔をした。

「その、魂の演技の話をするのなら、精神論、感情論は大事になってくると思うな。ただそれは、自分の武器を捨てかねない行為だから……。わたしは、今の自分の武器を大切にしてほしいって思うかな～……？」

その呟きは、マネージャーとしての本音だろう。

結衣のことばかり気にして、己のスタイルを崩しては元も子もない。

千佳としても、自分の力で結衣を超えたいと思う。

「…………………」

自分の力で結衣を超えたい、と思うから、由美子に相談できないのか？

その自問に、千佳はゆっくりと頭を振った。


成瀬と話していて、感じたことがある。

高橋結衣と歌種やすみは、真逆だと成瀬は口にした。

それは千佳も思う。

結衣は歌種やすみよりも、夕暮夕陽に近い。

だからこそ、あそこまで演技を模倣できたとも言える。

それに今さら、腹を立てることはないけれど。
千佳にも考えがあった。
「……本当に器用よね」
千佳は自室で、つい呟いてしまう。
モニターに映っているのは、結衣が演じているキャラクターだ。
彼女が出演した作品を、千佳は片っ端から観ている。
結衣が千佳を研究したように、今は千佳が結衣を研究していた。
高橋結衣を超えるというのなら、彼女を知ることも必要だと思ったのだ。
成瀬は言っていた。
千佳の武器は勤勉さ、真面目さだと。
だからこうして、真面目に勉強している。
結局のところ、結衣が千佳の演技を真似できる状況なのがいけない。
彼女が真似できない領域、それほどまでに自分の演技を高める必要があった。
成瀬は「結衣はおそらく、歌種やすみの演技は真似できない」とも口にした。
それには千佳も同意見だが、今までその発想はなかった。
彼女の模倣も、完璧ではない。
理屈で説明できないものは、結衣も敬遠するのかもしれない。

「ううん……」

そうして見えてくるのは、成瀬が語った結衣の器用さ。

結衣は本当に多種多様な声優を真似していた。

どんな役でもこなしてしまうのでは……、と思いながらも、その違和感に気付く。

極端な、感情的な演技がない。

気持ちが昂ることはあれど、たとえばシラユリのように感情を叩きつける演技は、ほとんどなかった。

制作側も、結衣はそれらが不得意だと判断しているのだろうか？

とはいえ、それは千佳だって同じ。

千佳も、由美子のような感情をぶつける演技はそれほど得意ではない。

というより、由美子だって自分でコントロールできていないのだから、だれもこの手の演技を操れていないことになる。

そうなると。

「……わたしは、どうすればいい？」

そこに至る。

それぞれの弱点はわかった。

ならば、ここからどうすれば演技をよくできる？

答えのない演技を探し求めながら、千佳はただひたすら、結衣の声に聴き入っていた。
それから、数日後。
千佳は歩き慣れた道を進み、ある目的地に向かっていた。
マンションの前で足を止めると、自然と笑みがこぼれそうになる。
しかしすぐにはっとして、ふるふると辺りを見回す。
だれも見ていないことを確認してから、するりとマンション内に入っていった。
未だに、こんな警戒をするのは業腹である。
かつて、千佳は後を付けられ、彼と会うところを撮られたことがあった。
その代償は犯人に払ってもらったが、かといって納得できる話でもない。
……本当に。
由美子が身を挺して手を伸ばしてくれなかったら、今頃どうなっていただろうか。
「ふん……」
思わぬところで由美子の存在を感じたことに、忌々しく思いながら部屋の前に立つ。
インターフォンを鳴らすと、すぐに部屋の主は扉を開けた。
「やあ、千佳。いらっしゃい」
柔和な笑みを浮かべるのは、千佳の父親――、神代だ。
母と離婚したあと、神代はこうして一人暮らしをしている。

千佳が実の父である神代の家を訪問するのは、珍しいことではない。

けれど、今回は遊びに来たわけではなかった。

相談したい、とあらかじめ彼には伝えている。

「それで、千佳。僕に相談っていうのは……？」

神代は千佳を部屋に招き入れ、ホットココアを入れてくれたあと、少しだけ不安そうに頭を掻いていた。

娘から頼りにされたことへの喜びと、応えられるかどうかの不安の間で揺れている。

そして、千佳自身も揺れていた。

本当は、やりたくない。

娘として父を頼るのではなく。

娘であることを利用して、監督を頼るというのは。

「――お父さん。わたしの演技について、相談に乗ってほしい。わたしには何が足りないのか、何が必要なのか。監督としての、意見が欲しいの」

千佳の言葉に、神代は目を見開く。

こうして、声優として父を頼るのは初めてかもしれない。

ズルではないか、と周りの声優に批難されたら、反論できる自信はなかった。

でも、四の五の言ってはいられない。

自分の使えるものはすべて使い、結衣を迎え撃つ。

——そう思っているのに。

それでもまだ、由美子に相談することを避けているのだから。

彼女の成功がいかに自分に影響を与えるのか。

改めて、知ることになった。

「まず、わたしには後輩がいて——」

一度、由美子のことは頭から追い出し、話せる範囲で神代に相談する。

神代は黙って、千佳の話を聞いてくれた。

千佳が話し終えても、しばらく深く考え込み、なかなか口を開こうとしない。

真剣に考えてくれていることに内心で喜んでいると、神代はとうとうと語り始めた。

その意見は、成瀬とそれほど変わりはない。

「演技っていうのは、一朝一夕でどうにかなるものじゃない。積み重ねこそが、ブースの中で発揮される。だから、ハリボテの演技をする人は、調整室からでも案外透けて見えるよ。その点、千佳は真面目さが出てると思う。劇団での経験も大きいよ。千佳が一年目から仕事があったのも、劇団での積み重ねがあったからだよ」

そう言われて初めて意識したが、劇団の経験は確かに大きい。

当時は声優になるため、その通過点として利用させてもらったが、そこで培った経験は着実に千佳の演技力へと変わっている。

舞台での身体を大きく使った演技や、客席の隅にまで届かせるための腹からの発声。得難い経験だったし、楽しかったな、とも思う。

それに、文化祭という思わぬ場所でも、その経験は役に立った。

劇団でも、己の演技に妥協したことなどない。

自分の武器は、勤勉さ。

愚直に演技を磨き続け、これからも努力を怠ることなく、前を向き続ける。

結局のところ、演技に対してやれることは、積み重ねることだけなのかもしれない。

結衣や由美子のことを話してもみたが、「武器はあるに越したことはない。でも、地盤がしっかりしてなきゃ、武器を持ってても上手く振れないと思うよ」と彼は言った。

実際、由美子は己の武器に振り回されている節はある。

結衣の武器は脅威だが、千佳の演技がその上をいけばいいだけ。

結論としてはそうなるのだが、神代は言いにくそうに表情をわずかに強張らせていた。

「なに？」

千佳がつつくと、神代は「いや……」と視線を逸らす。

母と意見が対立したとき、父がよくしていた表情だった。

言いたいことがあるのに、黙っているときのものだ。

「なに。何かあるんでしょう。言って。今はどんな意見も、わたしには必要なの」

千佳がズズイと身を乗り出すと、神代はようやく観念したようだ。

気まずそうな顔でこちらに向き直り、ぐっと眉間に力を入れた。

「――僕が気になっているのはね、千佳。千佳が勝ち負けにこだわりすぎているところだよ。高橋さんにも、歌種さんにも。千佳は勝たなければならない、と思い詰めているけど……。それは本当に、作品に必要なことかな？」

「は？」

思いも寄らぬ意見に、千佳は目が点になる。

困惑しながら、神代の顔を見返した。

「当たり前でしょう……。わたしが高橋さんに勝つのは、作品のために絶対必要なことだわ。そういう物語なんだもの。そこは疑いようがない」

千佳ははっきりと言葉を返すものの、神代は意見を翻す気はないようだ。

父ではなく監督の表情で、じっと千佳を見る。

「そうかもしれない。でも僕は、今の千佳の考え方は危うく思える。千佳個人としては、高橋さんに勝つことは絶対条件かもしれない。でもそれは、本当に作品のためだと言えるかい？」

「…………」

神代に諭すように言われ、千佳は歯がゆく思う。

父の肩書きはアニメ監督であり、完全な業界人。けれど、完全な部外者でもあった。

そんな彼に現在進行中の作品のことを詳しく話すのは抵抗があり、所々ぼかしている。

だから、神代は『屋上のルミナス』の内容を把握しているわけではなかった。

千佳が演技で結衣に勝利するのは、作品のために必要なことだ。

だけど、神代にはそれが上手く伝わらない。

千佳が黙っていると、神代はさらに言葉を繋げる。

「自分のことばかりに集中するんじゃなく、全体を見渡すことはとても大事なことだよ。アニメは、ひとりで作ってるんじゃないからね」

カッカしかけたが、監督らしいその言葉でいくらか冷静になった。

視野が狭くなるのは、相方である彼女の専売特許。

自分まで同じ失敗をしていては、話にならない。

そのおかげで、千佳は素直にお礼を言うことができた。

「……ありがとう、お父さん」

神代は、やわらかく笑う。

千佳が結衣に勝つ必要があるのは、間違いない。その意志は変わらない。

「…………」

だが、神代のその言葉が頭に残ったのも事実だった。

そして、アフレコ当日。

千佳はスタジオに向かいながら、父と成瀬の言葉を反芻していた。

結局できることは、自分の演技を磨くことだけ。

それは、悔いのないようにできたと思う。

気になるのは父の「勝ち負けにこだわりすぎ」という言葉だったが……、それは一旦、頭の片隅に追いやった。

今はとにかく、自分の信じたスタイルで集中しようと思う。

『屋上のルミナス』第十一話。

今日のアフレコのために。

「夕陽ちゃん。おはよう」

ぽん、と肩を叩かれて、乙女に声を掛けられる。

彼女はさらさらの髪を流しながら、爽やかに笑っていた。

挨拶を返しながら、千佳は考える。

乙女はとても綺麗な声質をしており、どれだけ忙しくても真面目に役に向かい合っている。

千佳と同じく――、ほかの声優と同じく、声質に恵まれ、勤勉だ。

そんな桜並木乙女の武器といえば、驚くほどに光り輝く容姿と、ファンを第一に考えられる誠実さ、心の綺麗さだろうか。

　これらは、演じるうえでは武器になり得ない。

　ほかの声優だって、似たり寄ったりだと思う。

　結衣と由美子が特殊であることは、重々承知しているのだが……。

「？　夕陽ちゃん、どうかしたの？」

「いえ……。桜並木さんは、綺麗な人だな、と思っていました」

　ぼうっとしていたせいで、考えていたことをそのまま口にしてしまう。

　乙女は「えっ⁉」とびっくりした声を上げて、照れくさそうに頬を赤くした。

「あ、ありがとう……。夕陽ちゃんがそんなこと言うなんて、珍しいね……？　別にそんなこと言わなくても、相談があるなら乗るよ？」

　おためごかしだと思われたらしい。

　心外だが、確かに千佳らしくない発言だった。

　誤解ではあるものの、そう言ってくれるのなら聞きたいことはある。

　口を開こうとしたが——、そこで、殺気を感じた。

　急いで振り返ると、今まさに地面を蹴ろうとしている結衣の姿があった。

「夕陽せんぱーい！」

彼女は掛け声とともに、いつもどおり千佳に飛びつこうとしていた。

その手には乗るものか。

千佳は同じタイミングで横に飛び、彼女のタックルを華麗に回避する。

しかし。

「ぐえっ！」

結衣は千佳が横に飛んだのと同時に、再び地を蹴って方向転換してきた。

結局、腹に彼女のタックルを受けてしまう。

器用なうえにパワフルすぎる。

「おはようございます、夕陽先輩、乙女先輩！　今日もよろしくお願いしますね！」

ぐりぐりと腹に顔を擦りつけてくる後輩にぐったりしていると、乙女が「よろしくね～」とのんきに笑い返していた。


ブースの中で、結衣と千佳が横並びでマイクの前に立っていた。

モニターには、シガレットが自室で打ちひしがれるシーンが映っている。

沈痛な面持ちのシガレットが、ベッドに座り込み、唇を噛んでいた。

千佳は、ちらりと結衣を見る。

彼女は楽しそうにモニターを見ていて、自分の出番を今か今かと待ちわびていた。

千佳が選んだのは、自分の演技を高めること。

成瀬や神代が言ったように、己のスタイルを崩さず、限界まで突き詰める。

結衣の演技を聴きながら、自分の演技を聴きながら、研鑽を積み重ねてきた。

結衣が千佳を超える演技をするのなら、その演技をも千佳が超える。

追い抜かれたのなら、もう一度追い抜かすしかない。

だから、千佳はこれ以上ないほど今日の演技を磨いてきた。

それを、口にする。

「なんで……、あいつは……。わざわざ、あたしのところに……。あんなこと、を……」

もうすっかり、頭に染みついたセリフをマイクに吹き込む。

己に対する無力感。

姉に対する嫌悪と――、嫉妬。

何もかもが嫌になる、脱力感。

声の温度や、感情を噛み締めるような息遣いは、上手く表現できたと思う。

何度も何度も、何度も何度も――、数えきれないくらい声に出したセリフだ。

視界の隅で、乙女が「おや」という顔で、千佳を見た。

そしてそれは、結衣も同じ。

彼女の場合は露骨にぱっとこちらを見て、おお、という口の形になったが。

アフレコ中によそ見をするのはどうかと思うが、千佳だって自信のあるセリフだった。

「あたしは、自分の居場所が欲しかっただけなのに……」

そこから過去の回想に入り、その中でも思いの丈をぶつけていく。

結衣がこちらを窺っているが、今さらその程度で集中は途切れない。

結衣がつい、こちらを確認してしまうくらいの演技ができた。

今までより、一段階、上の演技。

……正直、受験が終わっているうえに、自由登校で助かった、と思う。

千佳はこの収録のために、通常では考えられないほどの時間を注ぎ込んだ。演技をひとつ上の段階に持っていけたのは、そのおかげ。

ますます仕事が増えながらも、学校に通っている結衣にはできない時間の使い方だ。

卑怯だとは思わない。

自分のできるすべてを行って、それでも彼女たちの前にいる。

千佳は、そう決めたのだ。

そこで、別の声優がセリフを口にした。

なので一瞬、千佳の意識は結衣に向く。

結衣は千佳の演技に、感心したのか感動したのか、目を輝かせていた。

これで、彼女も納得したただろうか。

約束を果たせただろうか。

千佳がほっと息を吐こうとしたところで——、結衣が顎に指を当てた。

少し表情を俯かせ、その瞳がわずかに揺れる。

完全な無の表情になり、千佳のほうが困惑した。

——なぜ、そんな顔をする？

ぞくっとした。

強い悪寒に襲われる。

ようやく引き離したと思った結衣の影が、ちらちらと視界に入る。

ぴったりと——、千佳の影に重なるように、結衣の影がそこに混ざり合っていた。

肩に手を回され、耳元に息を吹きかけられるような不快感。

彼女の体温まで感じられるような、異常なまでの密着。

そんなものを幻視した。

千佳の中で生じた疑問は、すぐに解消されることになる。

結衣自身の声によって。

「——梨乃。りぃの。ちょっと聞いてる？　ははあ、なに一丁前にへこんでんの。そんなにショックだった？　わたしが、あんたのバンドにちょっかい掛けたことが」

「柚乃……。なんで、なんで、あんなことするの？　あたしに何の恨みがあって……」

自身の動揺を隠しながら、千佳はセリフを口にする。

けれど、結衣のセリフは止まらない。

千佳の「聞き間違いであってくれ」という願いも虚しく、結衣は軽やかに演技を続けた。

「はあ、恨み？　そんなんじゃ、ないない。ただ、嫌がらせしたいだけ！　わたしはあんたが大っ嫌いだから、あんたの好きなものを壊せるのが嬉しいの！　ねぇ、今どんな気持ち？　必死で守ってきたものが、またわたしに壊されるんだよ？　悲しいねえ！」

結衣の薄暗い声色に、千佳は息を呑む。

それだけしっかりと聞かされたら、もう疑いようがない。

呆然と、モニターを見つめるしかなかった。

――そっくりだ。

さっきの、自分の演技に。

気を付けた声の温度も、つけるべき抑揚も、感情の引き出し方も。

どれもこれも、千佳が愚直に練習して、どうにか作り出したものだったのに。

結衣は、それをあっさりと真似してみせた。

隣で聴いていて、「あぁ、こうやって演じればいいのか！」と手を打ち、「やってみよう！」と声に出し、「やったぁ、できた！」と喜んでいる。

こうも簡単に、自分の努力を掠め取られるなんて。

自分が必死で積み上げたものを、踏み台にされるなんて。

これでは、彼女に勝てない。

自分の長所だけでは、結衣には太刀打ちできない。

その事実に、千佳はただただ啞然としていた。


アフレコが終わっても、千佳は立ち上がることができなかった。

演者が挨拶とともにブースを出て行ったことには気付いているが、自分が挨拶を返したかどうかさえ曖昧だ。

正直、会心の出来だった。

これ以上ないほど突き詰めたと思うし、結衣がいなければ、自他ともに満足できる演技だった。今の千佳の、最大の演技が今日見せたものだ。そう言い切れる。

それを、いとも簡単に超えられてしまった。

自分の武器を否定されてしまった。

……いや、それが勘違いだったのだ。

「……前に進んでいるのは……、わたしだけじゃない……」

そこが誤解だった。

千佳が今回、さらに演技がよくなったのは間違いない。

進歩したのは疑いようがない。

けれど、成長しているのは自分だけじゃなかった。

乙女がさらに飛躍して背中が遠くなったように、いつの間にか由美子が千佳に迫っているように。

結衣だって、成長しているのだ。

彼女が夕暮夕陽とともに演技ができる場で、ただ手をこまねいているわけがなかった。

彼女だってこの現場のために、努力を積み重ねてきた。

結衣の武器は、耳の良さと器用さかもしれない。

だが、それを発揮できる土台を固めているからこそ、彼女は実力を出し切れている。

神代だって言っていたではないか。

『地盤がしっかりしてなきゃ、武器を持ってても上手く振れないと思うよ』と。

高橋結衣もほかの声優と同じく――、千佳と同じく。

勤勉さを持ち合わせていた、というだけ。

それならば、夕暮夕陽はどうすればいい？

……いや。ひとつだけ、まだ手段は残っている。

「夕陽先輩」

声を掛けられ、千佳は顔を上げる。

結衣はいつの間にか、千佳の隣に座っていた。

肩をくっつけて、擦り寄るようにしながら、結衣は囁く。

「今日の夕陽先輩の演技、最高でした。さすが、夕陽先輩です。でも、こんなものじゃないですよね。先輩なら、高橋を完膚なきまでに叩き潰してくれる。そう信じてますから」

彼女の声にも、反応できない。

しかし、結衣はこうも続けた。

「夕陽先輩。やすやす先輩に相談したほうがいいですよ。ふたりで来てくれたほうが、高橋も嬉しいです。だってきっと、夕陽先輩だけじゃ――」

それ以上は言葉にはせず、結衣は微笑むばかりだった。

そのまますると立ち上がって、ブースから出て行ってしまう。

千佳はもう、何も考えられなかった。

何も考えたくなかった。

目を瞑ると、そこには暗闇。

いつの間にか、後ろから視線を感じる。

そこにいるのは――、歌種やすみだろうか。

彼女も結衣と同じく、千佳を追い抜こうとしているのだろうか。
自分は今、どんな顔で彼女の前に立っているのだろう。

「――――――――」

ふと、由美子の視線に温度を感じた。
結衣とは違った、また別の感情が背中に注がれている。
その温度も、視線も、あくまで千佳が感じている幻想でしかない。
けれどもし、千佳が振り返って、由美子に手を差し出せば。
きっと彼女は、握り返してくれる。
そうすることさえ、できれば。
隣に並び合って、手を握って、結衣を迎え撃つことができれば。
結衣が望む結末に、辿り着けるかもしれない。
千佳は、頭を振る。
幻想の視線から逃れるように、千佳はそっと立ち上がった。

NOW ON AIR!! 第98回

「ユウちゃん」

「やっちゃんの～？」

「「コーコーセーラジオ～」」

「おはようございます～。ユウちゃんだよ～」

「おはようございます！　やっちゃんです！」

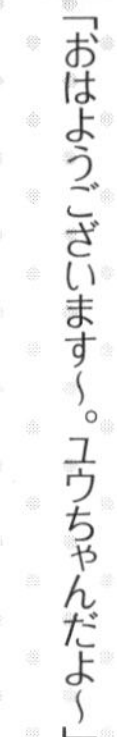

「ねぇねぇ、やっちゃん！　大事件だよ～！」

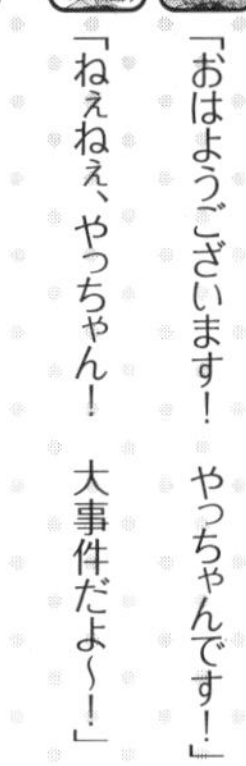

「なになに、どうしたの、ユウちゃん！　食べたいお菓子が売り切れちゃってた？」

「む！　もぉ、やっちゃん！　わたしがそんなことで、大騒ぎするわけないでしょ？　そんな食いしん坊じゃないもん！」

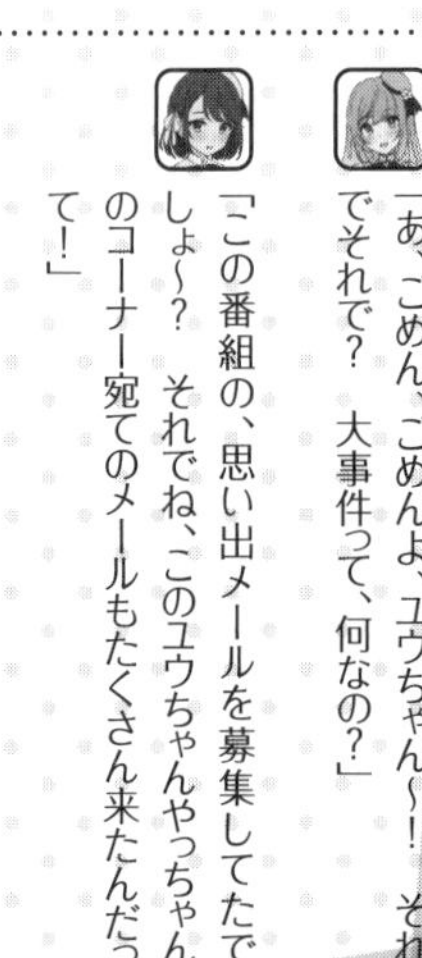

「あ、ごめん、ごめんよ、ユウちゃん～！　それでそれで？　大事件って、何なの？」

「この番組の、思い出メールを募集してたでしょ～？　それでね、このユウちゃんやっちゃんのコーナー宛てのメールもたくさん来たんだって！」

「わぁ、嬉しい！　みんな、やすみたちのことも大好きでいてくれたんだね！」

「このコーナーが始まったときは炎上も覚悟したのに、受け入れられて嬉しいよねぇ。今となっては、そこそこ長寿コーナーになってない～？」

「そうかも！　えーと……、あ、第33回からだって！　そう考えると、すっごく長く続いてるね！」

「それだけみんなが支えてくれてるって

ことだもんねぇ。嬉しいなあ。では、ここでメールを一通～。〝チャーシュー大好きマン〟さんから頂きました」

「メールありがと～！」

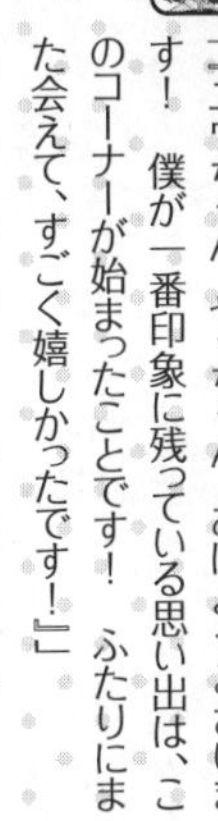

「『ユウちゃん、やっちゃん、おはようございます！　僕が一番印象に残っている思い出は、このコーナーが始まったことです！　ふたりにまた会えて、すごく嬉しかったです！』」

「ありがと～！　やすみも、〝チャーシュー大好きマン〟さんと会えて、嬉しかったよ～！」

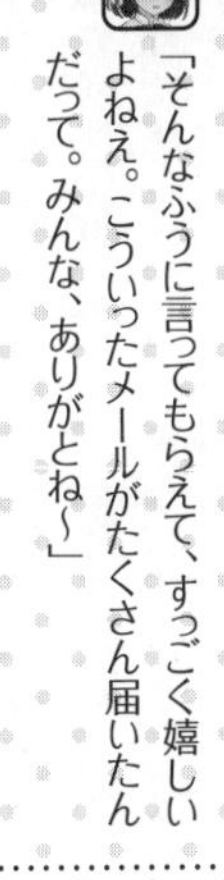

「そんなふうに言ってもらえて、すっごく嬉しいよねえ。こういったメールがたくさん届いたんだって。みんな、ありがとね～」

「うん、ありがと～……、え、作家さん、なんですか？　……今回は、これで三十分いく？　……え、マジ？　マジで言ってる？」

「……ちょっと待ってください、朝加さん。これで三十分は、さすがに……。いえ、前はやってましたけど……」

「そういうことは、あらかじめ言ってくれないとさ……。こっちも身体作り……、じゃないか。心の準備みたいなのが……、うん。うん。いや、それは……」

「このキャラでいつか番組独立したい……、いやそれ、言ってるの朝加さんだけですからね？」

to be continued……

千佳は久しぶりに、学校の最寄り駅で電車から降りた。

卒業式まで着ることはないと思っていた制服に袖を通し、長いスカートを揺らしている。

とっくに始業時間を過ぎているので、周りに学生の姿はなかった。

何か特別な事情があって、学校に行くわけではない。

最終日に休んだから、学校に置きっぱなしの勉強道具などを取りに来ただけだ。

そこで、普段とはまるで違う景色にやや面喰らった。

時間を少しズラすだけで、ここまで閑散とするものか、と。


「…………」


千佳は人気のない校門をくぐり、校舎に向かって黙々と歩いていく。

平日の日中だからか、駅からここまでの道のりは静かなものだった。

体育の授業はないようで、運動場には寒風が吹くばかり。

寒々しい昇降口をくぐり、上靴に履き替える。

一瞬、「あ、上靴も今日持ち帰ったほうがいい？」と思ったが、まだ卒業式が残っていた。

ふっと息を吐き、廊下を進んでいく。

廊下の空気は冷たくて、張り詰めているように感じた。

そこでぴたりと足を止める。

だれもいない廊下にいると、あのときのことを思い出す。

『裏営業疑惑』で教室での騒動があったあと、千佳を追ってきたのは由美子だった。

彼女に手を引かれ、「やってないんでしょ？」と温かい声で問われた。

あのとき、千佳は思わず、「もう声優やめる……」と涙を流してしまったけれど。

当時のことは嫌な記憶ばかりだが、あのとき由美子がしてくれたことは――。

千佳は軽く頭を振り、改めて廊下を歩いた。

自分の足音だけがカツカツと響き、遠くから教師の声がわずかに届く。

わざとらしく一年生の廊下でも横切ってやろうか、といたずら心が湧いたが、自制が働いた。

職員室で鍵を借りて、さっさと自分の教室に向かう。

三年生の廊下にやってくると、びっくりするほど静まり返っていた。

しばし、呆然とする。

ほかの階では普通に授業を行っているはずなのに、まるで音が聞こえてこなかった。

ここまで静かな校舎に直面するのは、初めてかもしれない。

あなたたちの高校生活はもう終わっているんだよ、と諭されているようで、何とも言えない気分になった。

だれもいない廊下を横切っていくと、別の出来事を思い出す。

放課後の文化祭の準備。

外が暗くなっても、教室で作業するのはなかなかに刺激的だった。

文化祭での演劇。

降り注ぐ拍手を聞きながら、由美子と見つめ合ったあの時間。

まさしく『青春』で、関わった人たちはあの思い出を大切にするんだろう。

なら、千佳は？

「……さてね」

独り言を、ぽつり。

教室の鍵を開けて、中に入っていく。

当然ながら、中にはだれもいない。空っぽの机がそっけなく並んでいた。

自分の席に近付いて、荷物を回収する。

これで、目的は終わり。

けれど、なんとなく窓の外を眺めてしまう。遠くのほうに校門が見えた。

自分たちの素性がバレたせいで、あそこで出待ちされたこともあった。

千佳はギャルに、由美子は真面目っ子に扮し、変装で突破したことをよく覚えている。

あのときの頭の悪そうな格好を思い出すと、口を曲げてしまうけれど。

ゆっくりと頰は緩んでいった。

千佳は今でも高校生活なんてどうでもよかったと思っているし、一年生の頃の記憶はほとんど残っていない。

でも、こうして校舎に触れていると、意外なくらい思い出が見つかった。

しばらく佇んでから荷物を持ち、千佳は教室を出て行こうとする。

机の間を抜ける途中で、再び足を止めた。

教室は違うけれど――、ちょうどこの辺りで、若菜にカフェラテを掛けられた。

夕暮夕陽の下敷きが床に落ち、カフェラテがぶちまけられる様がフラッシュバックする。

若菜たちが好き勝手に言うものだから、ついブチキレてしまったけれど――、思えば、あそこまでキレなくてもよかったかもしれない。

あの頃は、本当に不安定だったのだ。

母を騙してなんとか声優になったものの、やりたくもないアイドル活動をやらされ、母にも文句を言われて反発し、「声の仕事に集中したい」と鬱々としていた日々。

そんなときに、あの事故に直面したものだから、それはもうイラついて仕方がなかった。

「まさか……、こんなことになるとは、思っていなかったけれど」

当時のささくれだった心を思い出しながら、千佳はそばにあった机を撫でる。

自分は漫然と、たったひとりで声優業界に立ち向かうと思っていた。

アイドル声優をやっている自分に苛立ちながら、「それでもいつかは」と歯を食いしばり、視界に何も入れずに進んでいくんだろうな、と。

でも、由美子と最悪な出会いをして。

ラジオのパーソナリティであることが判明して。
お互いに悪態をつきながら、最悪だ最悪だ、と文句を垂れているうちにここまで来た。
今となっては、アイドル声優も悪くない、なんて。
当時の自分には信じられない心境になりながら。
ひとりだった自分がいろんな人に声を掛けられながら、この道を進んで。
そして、高校を卒業する。
「…………………………」
自分を、渡辺千佳を、夕暮夕陽を、変えたのは由美子だ。
彼女が横に並んで、わはは、と能天気に笑っていたから、今の自分がある。
夕暮夕陽にとっても、渡辺千佳にとっても。
彼女は、なくてはならない存在だった。
きっと。
これから先も。
いつだって彼女は、自分を助けてくれた。
物理的に距離が離れてしまっても、そんなものは関係がない。
それなら今回だって、助けを求めてしまっても――。
「ありゃ？　渡辺だったの？」

そんな声が聞こえて、一瞬夢でも見たのかと思った。

慌てて振り返ると、そこにはあまりに見慣れた相方の姿があった。

「佐藤……」

目の前にいるのが信じられなくて、呆けたように呟く。

彼女はいつもの制服姿の上から、キャラメル色のダッフルコートを着ていた。

暖かそうなマフラーを巻いて、手はポケットに突っ込んでいるのに、下はいつものミニスカート。彼女の冬の登下校スタイルだった。

「……なぜ、あなたがここにいるの？」

不審そうな声になったのは、仕方がない。

今は自由登校になっていて、登校してくる生徒はほとんどいないはずだ。

千佳だって忘れ物がなければ、わざわざ来ることはなかった。

たまたま忘れ物を取りに来た千佳が、由美子と偶然再会するなんて出来すぎている。

由美子は答えずに、なぜか気まずそうに頬を掻いた。そっと顔を逸らす。

不信感が一気に増した。

千佳は自分の身体を手で隠しながら、おそるおそる口を開く。

「……なに？　もしかして、わたしに何かした？　ＧＰＳでも付けてる？　偶然を装って、何を仕掛けようとしているの？　怖いのだけれど。高橋さんじゃあるまいし」

「ち、ちがうっ。誤解だって。それに、さすがに今のは結衣ちゃんにも悪いでしょ……」

どうだろう。

あの後輩、最近怖さに拍車が掛かってきたのだが。

平気な顔して、『先輩のスマホに位置情報アプリを入れておいたんです！』と言ってきても、そこまで驚かない。

由美子は観念したように、はあ、と大きなため息を吐いた。

「最近、よく来るんだよ。オーディションの演技に詰まったときとか。やっぱ学生のキャラを演じることが多いし、学校に来ればなんか摑めるかなって。だから、職員室で鍵借りられててびっくりしたよ。まさか、渡辺だとは思ってなかったけど」

「……あぁ」

なるほど。

何かヒントを得たくて、キャラと同じ境遇に身を置くのは千佳もやる。

文化祭の準備に参加したのも、同じような理由だったし。

けれど素直に同調することはできず、千佳は混ぜっ返した。

「あなたは相変わらず、学校が大好きね」

「まあねえ」

皮肉を言ったつもりだったが、由美子は明るく笑っている。

彼女はポケットに手を突っ込んだまま、教室を見回した。

「案外、演技に詰まったから、ってのも言い訳かもね。なんとなく離れがたくて、つい来ちゃうだけなのかも。やっぱあたし、高校生が楽しかったからさ。それがなくなると思うと、寂しくて」

由美子はやさしい表情で、天井を見上げる。

彼女ほど学校生活を力いっぱい楽しんでいた人物を、千佳はほかに知らない。

千佳は彼女ほど高校に思い入れはないけれど、寂しい、という気持ちは多少共感できる。

それを口にするほどではないけれど。

由美子はふっとこちらに顔を向けて、口を開いた。

「渡辺は？　なんで学校に来たの」

「荷物の回収。最終日は欠席したから。卒業式ですべて持って帰るには、量も多いし」

「あぁなるほど。ちゃんと計画的に持って帰れて、千佳ちゃん偉いねえ」

その言いぐさに、千佳はムカッとする。

「出たわ。あなたのそういうところ、本当に嫌い。子供扱いしないで頂戴」

「そうは言うけど渡辺って、夏休み前に勉強道具を一気に持って帰る小学生だったでしょ」

「………………」

当たっていただけに、黙り込んでしまった。

一学期最終日に宿題やら習字セットやら、何から何までフルアーマーで持ち帰って、母に「なんで少しずつ持って帰らないの⁉」と怒られた。なんでだろうね。

由美子は千佳の表情を見て、おかしそうに笑っていた。

その笑い声が消えると、教室に静けさが戻ってくる。

千佳の用事は済んだ。

あとは由美子に鍵を渡して、さっさと退散すればいい。

だというのに、なんとなく足が動かなかった。

由美子も黙ったまま、千佳のそばから離れようとしない。

無言で見つめ合ったあと、由美子はぽつりと呟く。

「あぁ――、なんか。学校で会うのは、久しぶりって感じだ」

「そうね」

「渡辺と学校で会うのは、次で最後になると思ってたから。卒業式」

「……そうね」

意図しない再会ではあった。

自分たちはもう、こんな偶然がないかぎり学校で会うことはない。

あとは卒業式だけで、それっきり。

会う、予定ではなかった。

　だからこそ、頭の中に彼女の声が、いやにはっきりと聞こえてくる。

『――夕陽先輩。やすやす先輩に相談したほうがいいですよ。ふたりで来てくれたほうが、高橋も嬉しいです。だってきっと、夕陽先輩だけじゃ――』

「…………………」

　そこで、気が付く。

　今、この場にはふたりきり。ほかに邪魔をする人はいない。

　話したいことがあれば、だれにも聞かれずに由美子と話すことができる。

　ほかの人には、自分の弱さを見せずに済む。

　それに気付いた瞬間、千佳は無意識のうちに口を開いていた。

「……ねぇ佐藤。ファントムのときのこと、覚えてる？」

　その問いに、由美子は顔を歪めた。

「そりゃ覚えてるけど……、どのこと？」

「あなたが、わたしに力を貸してくれ、って頭を下げたときのこと」

「あぁ……」

　由美子は眉を下げて、顔をそっと逸らす。

　彼女からすると、ファントムの収録は苦い記憶が多い。

　そのひとつが、シラユリ退場の回の収録だった。

「なに？　なんでそんな話を持ち掛けるわけ？　改めてお礼でも言えって？」

由美子はぶっきらぼうに、そんな言葉を投げ掛けてくる。

態度が硬くなるのも仕方がない。

あれは、千佳にとっても苦い思い出だ。

由美子はアフレコで求められた演技に届かず、録り直しを要求されている。

演技に悩んだ由美子は、千佳に「どうか助けてほしい」と頭を下げた。

千佳は、その行為に凄まじい衝撃を受けたのだ。

千佳はこれまで一度たりとも、演技に対して妥協なんてしたことがない。

できるかぎりのことを尽くしてきたし、毎回、己の限界を引き出した演技を行った。

そうあるべきだと思っているし、これから先もそうあり続ける。

だけど、千佳はどれだけ追い詰められたとしても、由美子に「助けてほしい」と頭を下げることはできなかったと思う。

自分は演技に対して、真摯であり続けた自負があったのに。

由美子を心から尊敬すると同時に、悔しいと強く思った。

だからこそ今は――、以前ほど強い抵抗はない。

由美子が先に壁を壊したこともそうだし、関係性が以前とは変化しているのも大きかった。

もちろん、『マオウノユウタイ』のことがあったせいで、踏み出しづらくはあったけど。

今は、もう。

千佳はつい、由美子をじっと見つめてしまう。

「なに？　渡辺。今日なんかおかしくない？」

由美子が怪訝そうに尋ねてくる。

千佳は以前、由美子と力を合わせて結衣を超える演技を見せた。

今回、由美子はその場にいないけれど。

ファントムのときのように、千佳が「助けてほしい」と頼めば、きっと由美子は力になってくれる。

そうなれば再び、結衣を超えられるかもしれない。

夕暮夕陽は、歌種やすみの前を歩き続けられる。

泥臭くとも、後輩に負けることなく、彼女たちの前を行くことができる。

そこで、乙女の声が頭に響いた。

『それでね、夕陽ちゃん。夕陽ちゃんにとって大事なことは、〝前を行くこと〟だと思うんだ。重要なのはその一点。だからそのためには、ほかを諦める……、って言い方は間違ってるか。一番大事なことを見失わないようにね』

あのとき、千佳にはピンとこなかったけれど。

千佳に一番必要なのは、彼女たちの前を行くこと。

そのためになら、だれかに助けを求めることを躊躇うな。

乙女は、そう言いたかったのだ。

千佳だって、結衣に負けるくらいなら、由美子に助けを乞うほうがよっぽどいい。

それで結衣に勝てるのなら、ふたりの前を行けるなら、そのほうがいい。

だから。

だから。

由美子に、素直に「力を貸してほしい」と言うことは。

何も、間違ってなんかいない。


――――。


本当に？

「……渡辺？」

由美子が心配そうな声で、千佳の名を呼ぶ。

そこで、チャイムが鳴り響いた。

三年生は自由登校でも、ほかの学年は授業がある。当然、時間が来ればチャイムも鳴る。

聞き飽きた音がスピーカーから流れ、時計を見るためか、由美子が背中を向けた。

その背中を見つめる。

ここで選択を間違えれば、千佳が彼女を追う立場になるかもしれない。

彼女の背中が遠ざかる様を、千佳は見つめることになるかもしれない。

それだけは、それだけは、絶対に嫌だ。

だけど。

千佳は目をきゅうっと瞑って、拳を強く握った。

痛いくらいに。

少しずつ、その力を緩める。

千佳は由美子にそっと近付いて――、彼女の背中に、ぽすん、と頭をくっつけた。

由美子の背中に密着すると、髪の香りがふわりと舞う。

彼女の体温が、千佳の低い体温に流れていった。

「え、ちょ、わ、わたなべ？　な、なに？　どしたの、体調悪いの……⁉」

由美子がわたわたと慌てて、なにやら手をパタパタさせているのがわかる。

千佳は答えずに、彼女の背中に顔をうずめたまま。

やがて、由美子は口を閉じて手を下ろした。

気まずそうに、こちらの様子を窺っているようだ。

千佳は彼女の体温を感じながら、静かに問いかける。

「――佐藤。あなたは、夕暮夕陽が好きよね」

「は、はぁ……⁉　な、なにいきなり。なんでそんな話になんの……？　黙って人にくっついてきてさ……、どういうこと……？」

「いいから。答える」

「えぇ、本当になんなの……？」

動揺している由美子に、ぴしゃりと言い切る。

由美子は、え～……？　と戸惑いの声を上げたあと、なんなの……、とぶつくさ言っていたが、最後には観念したように答えた。

「好き、だけどさ……」

密着している部分の温度が、上がったように感じる。

千佳はその言葉を、胸に染み込ませるように聞いていた。

由美子は恥ずかしくなったのか、弱々しく声を上げる。

「ねぇ、本当になんなの？　どういう流れでこうなってんの？　そんな文脈あった？」

「うるさい。それより、もっと具体的に言いなさいな。夕暮夕陽のどんなところが、どんなふうに好きなの。答えなさい」

「嘘でしょぉ～……？」

由美子は、心底から弱った声を出す。

彼女がここまで困る姿は、付き合いが長くなった今でも初めて見たかもしれない。

思わぬ新発見をしつつ、千佳は黙って由美子の返答を待っていた。

無言で、さらにぎゅっと顔を押し付ける。

それで由美子は、答えるまで解放されないことを悟ったらしい。

息を呑む声が聞こえた。

ふたりとも無言になるものだから、教室は痛いくらいの静けさで満たされる。

休み時間になっているのに、生徒の声も聞こえてこなかった。

ふたりの息遣いだけが重なる中、由美子はため息をひとつ。

熱い息を漏らしたあとに、小声で囁き始めた。

「……夕暮夕陽は、格好良いんだよ。演じる姿も、その姿勢も。信念も。まっすぐに歩く姿も、その眼差しも。演技にも歌にも聴き惚れるし、たまらなく心が熱くなる。尊敬してる。尊敬に値する姿を、あたしはずっとそばで見てきたんだよ……」

その声色はぶっきらぼうながらも、熱く、火照った息遣いまでもが聞こえるようだった。

ちらりと彼女の顔を見上げたら、耳が真っ赤に染まっているのが見えた。

千佳が見ていることにも気付かず、由美子は、はっ、と吐息を漏らして、続ける。

「孤高で、遠くを見ていて、どこまでも飛んでいきそう。その背中を追いかけるだけで、あたしも高く跳べそうな気がした。だからあたしは、その背中が……、好きで。いつも見惚れるんだ……」

その一言一言が、千佳に染み込んでいく。

彼女の声が熱い雫となって、ぽとんぽとん、と心に落ちていく。

それが血流に乗って、全身を巡り始めた。

冷たい身体が熱さを取り戻し、力に変わり、氷漬けになった何かが溶け始める。

ぎゅうっと手に力を込めると、はっきりと握りしめる感覚があった。

そこで千佳は叫ぶ。

「もっと！」

「あ、あたしは！　歌種やすみは！　夕暮夕陽が大好きです！　心から尊敬しています！」

反射的に叫んだ由美子の背中に、千佳はパアン！　と手のひらを叩きつける。

思った以上に力が入っていたようで、派手な音が鳴り響いた。

当然、由美子は「痛ぁッ⁉」と悲鳴を上げて、前にたたらを踏む。

振り返った彼女は痛みで顔を歪め、目を白黒させていた。

視線が混じり合う。

由美子の瞳の中には、自信満々な夕暮夕陽の姿が映っていた。

千佳は己の胸に手をやり、彼女に宣言する。

「ええ。わたしは、あなたの前に立ち続ける。尊敬する先輩であり続ける。だから、あなたはそうやってわたしの背中を見ていればいいわ」

「えぇ……？　どういう情緒……？　謎ルールで勝利宣言すんのやめてくんない……？」

突然元気を取り戻した千佳に、由美子は何が何やらわからないようだ。
困惑よりも呆れを強くして、千佳を胡散くさそうに見ている。
彼女は、わからなくていい。
夕暮夕陽の苦悩や葛藤なんて、彼女は望んでいない。
いつだって孤高に空を見上げる姿を、由美子は求めている。
そんな夕暮夕陽でいるために──、こんなところで躓いていられないのだ。
「帰るわ。それじゃあね」
「……嘘でしょ？　え、あたしこれ何もわからんまま放置されんの……？」
唖然としている由美子を置いて、千佳はさっさと教室から出て行く。
来たときと違って、千佳の足取りは軽かった。
やがて休み時間らしい、生徒の騒がしい声が耳に入ってくる。
その喧騒に紛れるように、千佳は廊下を歩いていった。
次に由美子と会うのは『屋上のルミナス』の収録が終わったあとだろう。
それでいい。
それで、いいんだ。

そして、『屋上のルミナス』最終話、収録日。
今日の収録で、シガレットとシーシャの物語に決着がつく。
千佳は駅からスタジオに向かいながら、きゅっと手を握っていた。
冷たい風が長い前髪を揺らすが、構わず前を歩いていく。
いつもより早く現場入りし、だれもいないブースの中に入る。
すっかり定位置となった椅子に腰掛けて、目を瞑った。
今日は最終話。
結衣と収録を行う、最後の日。
これまでの収録では、千佳は結衣にいいように翻弄されてきた。
それは作品の展開に沿っているものの、今回で挽回しないと全く異なった意味を持つ。
ここで千佳は、結衣を超えなければならない。
その覚悟が、強い緊張を生んでいた。
早く来すぎてしまったのも、それが理由。
何をするわけでもなくじっとしていると、元気な声がブース内に響いた。
「おはようございまーす！　夕陽先輩、今日もよろしくお願いしますね！」
結衣だ。
彼女はニコニコしながら、千佳に向かって頭を下げている。

「ええ。よろしく」

短く返事をする。

今日はいつものように抱き着いてくることも、ベタベタすることもなく、結衣は笑顔のまま隣に座った。

笑みを作ったまま、こちらを覗き込んでくる。

「夕陽先輩、今日で最後ですね。もう終わりだなんて、高橋、すっごく寂しいです！」

「あぁそう」

「やすやす先輩とは、話をしましたか？」

「…………」

突然の直球に、反応できない。

あまりの温度差に彼女を見るも、笑顔のままだった。

仕方なく、千佳は求められた答えを口にする。

「こないだ、会ったわ」

「そうですか！　よかったです！」

結衣はぱあっと表情を明るくさせて、この世の春が来たとばかりに手を合わせた。

これ以上なく上機嫌になった結衣を、千佳は睥睨する。

あまりナメないでほしい。

「でも、演技の話はしてないわよ。この作品に触れてもいない。偶然会って、少し立ち話をしただけ。あなたが望むような話は、何もしていないわ」

「────」

結衣の表情の変化は、著しかった。

人懐っこい笑顔がスッと消え去り、千佳を無表情で見つめる。

瞳はどんどん色が濃くなり、千佳の内まで覗き込もうとしているようだった。

ゆっくりゆっくりと、彼女は顔を近付けてくる。

「どういうことですか？　やすやす先輩に助けてもらわなかったんですか？　なぜ？　プライドが邪魔をしたんですか？　それでいいんですか、夕陽先輩」

「…………………」

千佳が答えずにいると、結衣の瞳からは感情が失われていった。

心からの失望が、その表情から伝わる。

結衣は顔を離すと、何も見ていないような目をこちらに向けた。

「……夕陽先輩。それなら、夕陽先輩は高橋には──」

「そうね。あなたの演技はわたしを上回るでしょう」

あまりにも冷たい声に耐えかねて、千佳は言葉を遮る。

今度は千佳が結衣に顔を近付けて、真っ向から睨んだ。

生憎、どこかのだれかさんのせいで、こういう睨み合いは日常茶飯事なのだ。

「わたしが演技を高めても、あなたはすぐにそれを真似できてしまう。わたしの演技を超えてくる。適応する才能がある。普通にやったんじゃ勝てないわ」

「…………………」

「でもね。わたしは――、あなたたちの先輩である、自覚があるわ」

千佳の言い放った言葉を、結衣はどう判断するか迷っているようだ。

しばらく黙って千佳の顔を見つめていたかと思うと、スッと立ち上がった。

千佳の前に立ち、にっこりと笑顔に戻る。

そのまま、顔を深く覗き込んできた。

満面の笑みなのに、その目はとても笑っているとは言えない。

「高橋の尊敬する夕陽先輩が、空手で来るとは思っていません。きっと何かあるんでしょう。夕陽先輩は、常に高橋の上をいく。そう約束してくれましたから。約束、しましたよね」

まるで自分に言い聞かせるよう述べてから、結衣はのんびりとブースから出て行く。

結衣の気配が完全に消えるのを待ってから、千佳はふー……っと息を吐いた。

単純に怖いのよ、あの子……。

期待に応えなかったとき、彼女がどんな顔をするのか想像するだけでおそろしい。

でも、そうでなくてはいけない。

後輩に抜かれることを心から怯えて、それでも必死に前を歩く。

それが、夕暮夕陽が選んだ道だ。

まもなく収録開始時間になって、ブースに声優が集まるうちに結衣も戻ってくる。

普段は乙女や結衣が気さくにおしゃべりするおかげで、ブース内の空気は明るい。

けれど、今日に限っては重苦しい空気に満たされていた。

いつも明るく、元気な結衣が真顔で押し黙っているからだろう。

それを周りの声優は、「大事な場面の収録に緊張しているんだな」と判断し、まだ二年目の後輩に可愛げを覚えているようだが、実際は真逆だ。

彼女は尊敬する先輩を粉々にするため、じっと牙を磨いている。

もし、千佳が生半可な演技をすれば、結衣は徹底的に叩き潰すだろう。

『それでは、始めます。よろしくお願いします』

音響監督の声がスピーカーから流れ、「よろしくお願いします！」と声優の返事が重なる。

乙女と千佳、そして結衣がマイクの前に立った。

普段の結衣は目配せしてきたり、笑みを見せたりするのだが、今は無表情でモニターを見つめて動かない。

千佳もまっすぐに前を見た。

モニターには、ギターを構えたシガレットとシーシャが並んで立つ映像。

シガレットは不安そうにしながらも、気丈にシーシャを睨み。

シーシャはそれを余裕そうに受け止め、不敵な笑みを浮かべている。

乙女演じるモモが、押し殺したような口調で説明を始めた。

「……それじゃ、ふたりにはこの場でギターを弾いてもらう。より良い演奏をしたほうを、バンドメンバーに迎え入れる。忖度はなし。それでいい？」

暗い声で言うモモに、シーシャは自信たっぷりな声を返した。

「ええ。それでいいわ。演奏の優劣をあなたたちが決める、というのもいいわね。わたしのほうが上手くても、シガレットに票を入れさえすれば、シガレットはこのままバンドメンバーでいられる。わたしに負けていたとしても、ね」

……相変わらず、上手い。

自信たっぷりな声に、嫌味ったらしい感情を混ぜ込んで、そのうえで千佳の演技に寄せていた。どれもこれもやりすぎず、ちょうどいい塩梅に調整している。

絶妙なバランス感覚に、嫌気が差す。

シーシャの楽しげな声に、シガレットは苦悶の声を漏らした。

案外、演技ではないかもしれない。

「――みんなのお情けでバンドに残れたとしても、あたしはずっとその事実に縛られることになる……。シーシャに負けていたのに、お情けで勝たせてもらったって。それを、シーシャは望んでる……」

シガレットのモノローグを、千佳が吹き込む。

そのやるせなさ、情けなさは上手く表現できたと思う。

演技に遠まわりはない。

今までと同じように、千佳はこの収録のための演技を磨いてきた。

今のセリフだって練習の成果が出たと思うし、おっ、と思わせる演技ができたはずだ。

……けれど。

結衣は、今の演技も難なく真似してしまうのだろう。

「それじゃ、最初はわたしが弾かせてもらうわね。あ～……、ちょっと待って。チューニングするの忘れてた。ごめんね～」

シーシャがギターを持ち直し、余裕のある声で言う。

鼻歌まじりでギターのチューニングを今さら始め、シガレットは顔を歪めた。

シガレットは勝負までずっと練習していたし、準備も完璧な状態で挑んでいる。

なのにシーシャは、まるで着の身着のままやってきたようだ。

お待たせ、ごめんね、と小さく謝る声も、本当にさりげないもので。

そのひとつひとつの演技が際立ち、その輝きに目が眩みそうになる。

結衣が自分の背中にぴったりと張り付いていることに、千佳は嫌な汗をかいていた。

彼女はここで千佳を抜き去ったら、そのままどこまでも行ってしまうのではないか。

そうなればおそらく、千佳は一生結衣の背中に追いつくことはできない。

なぜか、そんな予感があった。

結衣の背中を呆然と見送る、自分の姿を想像する。

さらにその後ろには、由美子が同じように千佳の背中を見つめていた。

ぞわぁっとする。

それは、嫌だ。

「……嫌だ」

感情を押し殺したシガレットの呟きは、シーシャの演奏を聴いて漏れ出たもの。

アフレコでは、声優の声以外に一切の音がない。シーシャがどんな演奏をしているか、頭の中で想像するしかなかった。

でも、あの結衣の声を聴いていれば。

自信満々で余裕たっぷりなシーシャの演奏は、シガレットが絶望を覚えるほどに素晴らしいものであることが伝わった。

音がなくとも、ギターの知識がなくとも、千佳にはそのおそろしさが叩き込まれる。

真っ暗な恐怖が身体を満たしていった。

「……十六分音符をあんなに精確に……。ＢＰＭ１６０はあるのに……？」

「しかもタッピングまで……。なんなんだ、あいつ……」

乙女と別の声優が、固唾を呑む演技をする。

映像の中の緊張がブースとシンクロし、空気がどんどん重さを増していく。

その中でも、唯一重さをまるで感じないように――、いやその重さすら楽しむように、シーシャはギターをかき鳴らし、結衣がそれに合わせて声を吹き込んだ。

あはっ、とぞっとするほど邪悪な笑い声がブースに響く。

「見なよ、梨乃……。みんなの絶望的な顔をさ。あんたにこんな顔をさせたくて――、わたしはここまで来たんだよ……？　クソ生意気な妹をコケにするためなら、わたしはどんなことだってやるよ。ねぇ梨乃。ねぇ、梨乃――」

そのモノローグに、背筋が冷たくなる。

冷静な声に徐々に狂気をまじえて、最後は恍惚とした声へとグラデーションさせる。

それをごくごく自然にやってのけた。

短いセリフの中で段階的に慣らしていき、感情のボルテージをきちんと上げ切った技術は見事というほかない。

どうせ、芸歴を積み重ねたベテランの妙技を、「すごい！」と言って盗んできたのだろう。

羨ましくなる才能をふんだんに使い、結衣は千佳を潰すために演じていた。

「――くそぉ」

絶望的な想いに押し込まれるように、シガレットは声を漏らす。

涙をほんのわずかだけ滲ませた、深い穴を見るような声。

ちらりと、乙女がこちらを見るのがわかった。

すぅ、と息を吸い、千佳は拳をこれ以上ないほど握りしめる。

頭の中を空っぽにするように、強烈な拒絶感を露わにした。

――彼女よりもさらに、一歩先の演技へ！

「嫌だ――、嫌だ嫌だ嫌だ嫌だ嫌だ、嫌だ嫌だ嫌だ！　ここは、ここはあたしの居場所なんだ！

あたしの、あたしだけの、あたし、だけの……ッ！」

必死に、必死に思いを連ねる。

泣き出しそうになりながら、逃げ出したくなりながら、それでも嫌だ、と叫んだ。

悲痛なその声は、鼻をつんとさせるようなやりきれなさを運んでくる。

千佳が何度も己の声を聴き、考え込んで考え込んで、「シガレットならこう言う」と思って生み出した声だ。

そこで千佳は、結衣を見る。

結衣も、千佳を見ていた。

――良い、演技でしょう？

――ええ、良い演技です。

彼女と、視線だけで会話をする。

その瞬間、シガレットは飛び出すようにギターを構えた。

シガレットが苦しげな表情で、ギターをかき鳴らし始める。

シーシャがまだ演奏中だというのに、真っ向から演奏でぶつかっていったのだ。

ブース内に音はない。

それでも千佳の頭の中には、呼吸に喘ぐようなギターの音が鳴り響いていた。

「あ——は、あ……、そう、そうだよ、梨乃、そうじゃないとぉ……っ！」

それを見て、シーシャが笑う。これ以上ないほど、邪悪な笑みで。

直接妹を叩きのめせることに、心からの喜びを見せていた。

結衣の演技を聴いて、悪寒がより強くなる。

真似された。

今日の千佳の演技もまた、結衣は自分の糧にしている。

一歩前に進んだと思ったのに、千佳が演技を高めた分だけ、結衣だって同じように前に進む。

良い演技ですね！　と言って掠め取り、何事もなかったかのように同じ位置に並んでいた。

どれだけ千佳が演技を磨こうとも、結衣を置いていくことはできない。

……でも、それでいい。

シガレットは必死で、ギターを弾き続ける。

何も見ず、俯き、ただ、脚を大きく開いた。

唇を噛み締めて、ピックを振り下ろす――。

「いつだって、お姉ちゃんは、いつだって、そうだ、なんで、なんで、いつも、いつも、あたしを……！」

「なんで？　なんでって、わからない？　わからないの？　本当に？　ねぇ、梨乃ぉ！」

うわ言のように繰り返すシガレットの声を、シーシャが追随する。

――完璧だ。

結衣の演技は、完璧だった。

千佳を踏み台にし、千佳が成長した分だけさらに力を得て、千佳以上の演技力を発揮する。

それは、作品全体のことを考えれば、素晴らしいことだ。

作品の質がその分、向上しているのだから。

勝負にさえ、こだわらなければ。

千佳は、結衣がより良い演技に到達する手助けをしたことになる。

夕暮夕陽よりも、優れた夕暮夕陽の演技。

完璧な、夕暮夕陽の演技。

結衣は、その高みに至っていた。

あぁ――、それで、いいんだ。

そうだ。

その演技を使ったな、高橋結衣――！

「し、知らない、知らない、わからないぃ……！　お姉ちゃんなんて、知らないっ――！」

千佳は苦しさから逃れるように胸に手を当て、がむしゃらに声を張り上げる。

その演技に、結衣が困惑するのがわかった。

それは、今までの千佳からかけ離れた、不安定な演技だからだ。

丁寧に丁寧に積み重ねた、勤勉さを褒められる千佳の演技ではない。

結衣の演技が完璧な夕暮夕陽の演技だとするのなら、こちらは明らかに欠けていた。

だが、それでいい。

自分たちは、『すべてを上回る姉』と『欠けた妹』なのだから。

千佳は勘違いしていた。

自分が完璧な演技をする必要はない。

それはむしろ、結衣がすべきなのだ。

結衣が完璧な演技をすればするほど、こちらの不完全さがより際立つ。

だからこそ、千佳は己の演技をより高め、結衣に真似をさせ、その上にいってもらった。

なぜか。

千佳は、彼女とは真逆の位置に行く必要があるからだ。

千佳の『役』に必要なのは、完璧な演技ではなく、むしろ不完全でありながら心を動かす、魂の演技。

圧倒的な、感情の爆発。

不格好でも泥臭くてもいい、己の魂をそのまま叩きつけるような、異様なまでの感情の力。

歌種やすみが見せるような、〝魂の演技〟だ。

千佳は知っている。

〝魂の演技〟は、ロジックの先にあるものではない。

成瀬も言っていたではないか。

『魂の演技の話をするのなら、精神論、感情論は大事になってくると思うな。ただそれは、自分の武器を捨てかねない行為だから……。わたしは、今の自分の武器を大切にしてほしいって思うかな～……？』と。

千佳はそこで、とぷん、と思考の海に落ちていった。

頭の中を、この二年間が濁流のように流れていく。

――普通にやっても、結衣には勝てない。

悔しくて堪らないが、あれは本音だ。

千佳ひとりでは、とてもあの天才は打ち破れない。

以前のように歌種やすみがそばにいて、ふたり掛かりで、ようやく彼女の才能を上回れるか、どうか。

だからこそ結衣は、由美子にアドバイスを求めるように言ったのだ。

千佳ひとりじゃ勝てないから。

それを侮りとは思わない。

本当は認めたくないが……、残念ながらどうしようもない事実。

そこは受け入れる。

乙女の言うように、『前を歩くことを第一に考える』ために。

千佳だけでは、彼女には届かない。

でも千佳は——、由美子に助けは求めなかった。

だって、それが夕暮夕陽の矜持だから。

そのことに結衣は失望していたけれど、そうじゃない。

そうじゃないのだ。

『孤高で、遠くを見ていて、どこまでも飛んでいきそう。その背中を追いかけるだけで、あたしも高く跳べそうな気がした。だからあたしは、その背中が……、好きで。いつも見惚れるんだ……』

あの子が、あんなふうに言ってくれたから。

あの子は、信じてくれたから。

あぁ本当に――、あの子はいつもわたしの邪魔をする、最低の相方だ。
そこまで言われたら、引き下がれない。
胸を張って意地を張って、孤高に立つ姿を見せなければならない。
夕暮夕陽を信じて追いかける彼女に、その背中を見せてあげなくてはいけない。
それが、千佳の、夕暮夕陽の矜持。
尊敬される先輩としての、意地だ。
だからといって、空手で結衣に挑んでは話にならない。
そこで千佳が考えたのは、結衣には完璧な夕暮夕陽の演技をしてもらい――。
自分は、魂の演技に足を踏み出すことだった。
『幻影機兵ファントム』で見せた、シラユリが朽ち果てる瞬間の眩い輝き。
『ティアラ☆スターズ』のライブで見せた、レオンの深い想い。
歌種やすみは異常なまでに役に入り込むことで、その領域に足を踏み入れた。
常人では辿り着けない、一歩先の領域。
千佳が辿り着くことを目標にしている、だれもが心を奪われる演技。
夕暮夕陽では、まだあの演技には至れない。
だけど。
だけど――。

由美子は、自分を信じてくれたのだ。

だから。

あの領域に。

歌種やすみが辿り着いたあの場所に、あの感情の爆発、あの領域に、一歩だけでもいい、片足だけでもいい、触れるだけでもいい！

少しでも、少しでも、

少しだけ、でも……！

「――勝負なんてどうでもいい、あたしは、ここが好きだ、この場所が好きだっ、だれにも、渡さない！　渡したくない……！　た、たとえお姉ちゃん相手でも……ッ！」

声は掠れ、途切れ途切れになりながら、泣き出しそうにシガレットは訴える。

喉の奥から絞り出すような、あまりに切ない声も。

そのどうしようもない熱も。

まだ、まだ、まだ、それでも、まだ！

まだ、届かない……っ！

足りないのであれば、くべろ、くべろ！

彼女との、今までの、記憶を、経験を！

……想いを！

思い出せ思い出せ思い出せ思い出せ思い出せ――！

至れ至れ至れ至れ至れ至れ至れ至れ至れ至れ至れ――！

触れさえ、すれば……ッ！

千佳は、大きく脚を開く。

ぎゅうっと手を握り、想いをすべてぶちまけた。

「あたしは、負けたく、ない――ッ！」

歌種やすみはライバルだ、負けたくない、前を行かせたくない、彼女に誇れる自分であるために、まだ、まだ、まだ！　ライバルであるために、そのために！

感じろ、彼女を、感じろ、感じろ感じろ感じろ感じろ感じろ！

見ていろ、歌種やすみ――ッ！

あ。

あぁ――――――――。

「…………………………………」

自分でも驚くほど、息が荒い。

はっはっはっ……、と嫌な呼吸をしながら、千佳は必死で前を向いていた。

頭が痛い。

だが、やりきった。

くらくらするが、最後までやり通した。
映像は既に静止しており、静かなブース内には千佳の呼吸音だけが浮かんでいる。
千佳は、ふらふらとミキサールームを見た。
音響監督がゆっくりと頷く。
『頂きました、OKです。今日はこれで終了です。お疲れ様でした』
「……………………」
その場で、崩れ落ちそうになった。
身体中から力が抜けて、心からの深いため息を吐く。
よかった……、終わった……。
嬉しい、というよりは、ほっとした。
ただただ安堵に包まれて、何もできずに目を瞑る。
頬を伝った一筋の汗も拭えず、放心していた。
すっかり脱力していたが、そのせいでもろにダメージを受けてしまう。
例のタックルだった。
「夕陽せんぱーい！」
「ぐえっ」
至近距離だというのに、十分に勢いが乗ったタックルに、潰れた声が飛び出す。

そのまま倒れそうだったところをギリギリ踏ん張り、結衣のほうを見る。

彼女はキラキラした顔で、千佳の首に腕を回していた。

「夕陽先輩、さすがです……！　ここまでやってくれるなんて……！　すごい演技でした！　やっぱり夕陽先輩は高橋の憧れですー！」

「あぁ……、ええ……、高橋さん、あなたは嬉しそうね……」

「ええ、それはもう！　夕陽先輩が、尊敬する先輩のままでいてくれたんですから！」

その厳しい文言に、力のない笑みが出そうになる。

結衣は全力でやっていたはずだ。それでも千佳の演技にリテイクは出ず、結衣のご満悦な様子を見ていれば、客観的にも千佳の演技が彼女を超えたことはわかる。

結衣は凄まじい才能を持っているし、どんな演技も高水準でやってしまう。

その代わり、魂を感じられる演技はできない。

歌種やすみが魅せる感情の爆発は、結衣でさえも真似できない。

成瀬の予想は当たっていたようだ。

だが千佳も、歌種やすみのあの演技に並べたとはとても思えなかった。

自分を追い込んで追い込んで、あそこまで追い込んでようやく、どうにか小指一本は届いた、くらいのものだろう。

本当に、ふざけた役者だ。

——あなたのそういうところ、本当に嫌い。

いつかは、いつかは絶対、あの領域に辿り着いてみせる。

決意を新たにするが、今はとにかく難所を凌げたことを喜ぼう。

そうやってほっとしていると、いつまでも離れない結衣が鬱陶しくなってくる。

ほっぺたを擦りつけてくるものだから、邪魔で仕方がない。

「高橋さん、いい加減離れて」

「嫌ですぅ」

「……ちっ。いいわもう、無理やり……、……!?　この体幹……、腹立つ……！」

無理に引き剝がそうと腕を突っ張ってみるも、彼女の身体はビクともしない。

なんだこいつ。

その間も、結衣は嬉しそうに抱き着いたまま。

もうこれ何かの罪にならないの……？　このまま交番に駆け込んだら捕まらない……？

本当に嫌になっていると、乙女に声を掛けられた。

「……夕陽ちゃん、お疲れ様。すごかったね」

労わりの言葉の割に、乙女は浮かない顔だ。

千佳の疑問が顔に出ていたのか、乙女は慌てて自分の頰に手を当てた。

ぐにぐにとほぐし始める。

「ううん、本当にすごかったと思って……。夕陽ちゃんにはわかるでしょう？　後輩がすごい演技をしていると、先輩としては複雑なんだよ……」

「あぁ……」

前に彼女と話した、追われる者の苦悩だ。

千佳が結衣や由美子の影と闘うように、乙女にはさらに千佳が加わる。

乙女にプレッシャーを与えるほどの演技ができたようだ。

千佳はにやりと笑い、乙女を見上げた。

「わたしはいずれ、桜並木さんも超えてみせますから」

それもまた、由美子と交わした約束のひとつ。

いつか、頑張って頑張って、いろんなことを上手くなって、乙女姉さんを超えよう。

かつてリリイベでベコベコにへこまされた由美子と千佳が、誓った約束だった。

後輩から追われることに、怯える日々ではあるものの。

自分もまた、先輩を追うひとりでもあるのだ。

――もし、千佳がもう少し素直だったら、『わたしたち』と口にしていたかもしれない。

乙女は複雑そうな表情を浮かべていたが、ぷるぷると首を振った。長い髪が揺れる。

腰に手を当てて、ふんす、と鼻息荒く答えた。

「生意気な後輩め～。やれるものならやってみるといいよ。わたしは、だれにも負けるつもりはないからね」

そう言ってから、乙女は静かに笑みを作る。

千佳もつられて笑った。

結衣だけが不思議そうにしていたが、千佳はゆっくりと目を瞑る。

暗闇の中には、由美子がのんきな顔をして笑っていた。

見なさい、歌種やすみ。

わたしは、あなたの知らないところで夕暮夕陽の矜持を守っているわ。

……それと、少しはあなたのおかげでもあるから。

ちょっとは感謝してあげても、いいわ。

ちょっとだけどね。

NOW ON AIR!! 第100回

「夕陽と」

「やすみのー」

「「コーコーセーラジオー!」」

「おはようございます、夕暮夕陽です」

「おはようございまーす、歌種やすみです」

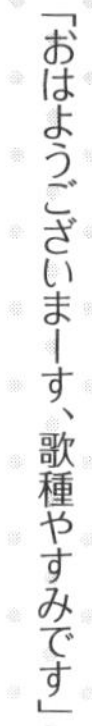

「この番組は偶然にも同じ高校、同じクラスのわたしたちふたりが、皆さまに教室の空気をお届けするラジオ番組です――、というわけですが、はい早速」

「「祝・100回!」」

「はい、大台の100回に到達しました! めでたいめでたい。ケーキ寄こせー!」

「気が早い山賊?」

「だってさぁ。前に一周年突破したときなんて、何もやってくんなかったじゃん? そのときに、『いやぁ、せめて100回はやってくれないと……』みたいな空気になったの、今でも根に持ってるからね」

「そうね、わたしもよく覚えているわ。このわたしたちのラジオが一年も続いたんだから、その偉業には配慮してほしかったわよね」

「そうだそうだー。よく続いたもんだよ、ほんと。あ、だから今回はね、ちゃんとケーキを用意してくれたみたい。やったね」

「それといっしょに、お祝いメールもたくさん届いているわ。今日はそれらを読みながら

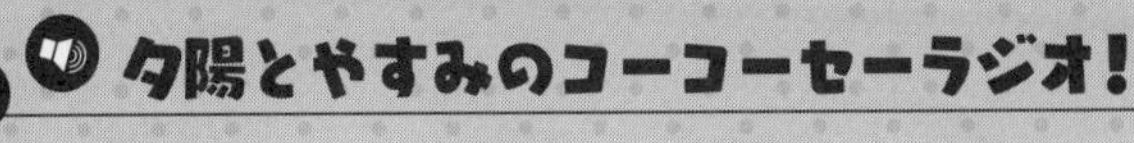

ケーキを食べる回になりそう」

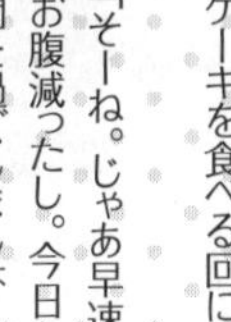

「そーね。じゃあ早速、オープニング終わるか。お腹減ったし。今日もみんなで、楽しい休み時間を過ごしましょー」

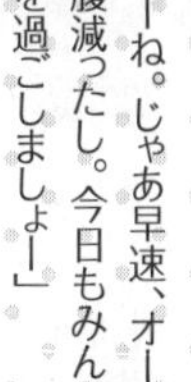

「放課後まで、席を立たないでくださいね」

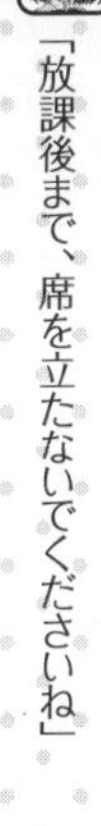

「それでは、メールを一通。〝元気モリモリ毛利元就〟さんから頂きました。『夕姫、やすやす、おはようございます』。はい、おはようございます」

「おひゃようございまーしゅ。ケーキうま」

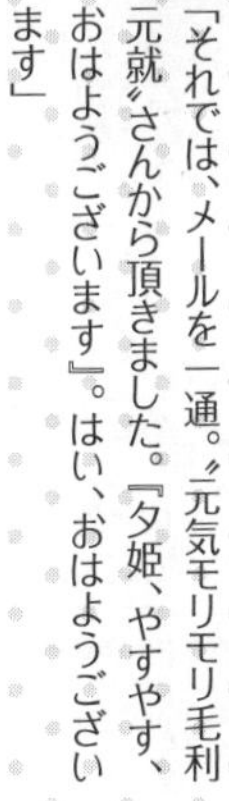

「『100回突破、おめでとうございます！』。はい、ありがとうございます」

「ありがとございましゅ」

「『おふたりの番組が100回も続くなんて、本当にめでたいし嬉しいです。これからも、楽しい番組をよろしくお願いします！　次は、目指せ200回！　ですね！』……だ、そうです」

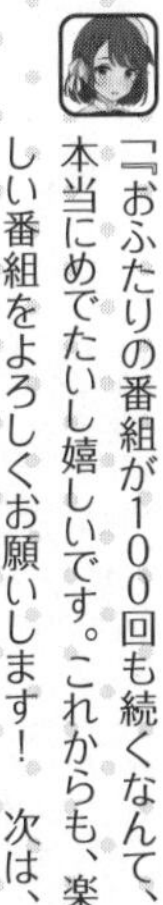

「ありがとありがと。いやあ、24回で打ち切られそうになってた番組とは思えないよね。よく頑張ったよ」

「そうね。いろいろあったけれど、こうして続いたのは喜ばしいことだわ。次の目標は200回？　これも頑張って目指していきたいけれど――」

「200回目って二年後？　うわあ、道は長いなあ。でもみんな、そこまで応援してね～」

to be continued……

♥

光陰矢の如し、とはよく言ったもので、あっという間に三月がやってきた。

三月になると、来てほしくなかった一大イベントに直面する。

卒業式だ。

由美子は朝起きて、すぐに「卒業式かぁ……」と呟き、母には「由美子ももう高校卒業かぁ。立派になったなぁ……」とぼんやり呟かれ、そのあとちょっと泣かれて、困惑し。

母に見送られながら、由美子は高校最後の登校を始める。

いつものように電車を降り、学校を目指して歩いたが、頭はぼんやりしていた。

本当に、あっという間だったなあ。

今日、自分たちは高校を卒業する。

この通学路を歩くことはもうないし、毎日着ていた制服はクローゼットに仕舞われる。

なんとも不思議だった。

あれだけ繰り返していた日々が、今日で終わりだなんて。

そう考えると、通学路を歩いているだけで些細な思い出が蘇ってくる。

横断歩道の前で信号待ちしていると、自然と笑みがこぼれてしまった。

二年前は仕事がなさすぎて、通知のないスマホを見てはため息を連発していた。
今も仕事が多いとは言い難いが、あのときよりはマシだ。
少しは成長できたってことかなぁ。
や、二年も経ってて、成長してなかったらまずいか。
笑みを唇の端に残したまま、由美子は短いスカートを揺らしていった。
顔見知りに会えば挨拶するものの、みんな曖昧な笑みを浮かべている。
今日で最後だねぇ、みたいな顔をしていた。
最後の登校、ということで、三年生の足はどことなく重い気がする。
ぎこちないような、気まずいような、おかしな空気に包まれていた。
それでも教室に入っていくと、すごい勢いでダミ声が飛んでくる。
「由美子ぉ～！　ゆ、ゆみこぉ～……」
「ええ、なに若菜。めちゃくちゃ泣いてんじゃん。早くない？」
えぐえぐ、と嗚咽を漏らし、ハンカチを濡らしまくっている若菜に、呆れる。
ポケットにあったティッシュを差し出すと、若菜はすぐにちーん、と鼻をかんだ。
「だって、だって、さみしいよぉ～～～～～」
ハンカチを顔に当てなおし、派手に泣きまくっている。
あまりにも若菜が泣くものだから、ほかの子たちが却って冷静になっていた。

みんな苦笑いしている。

由美子もその苦笑にまじりながら、若菜の肩をぽんぽんと叩いた。

「あぁもう、泣きやみなよ。そのペースで泣いてたら、持たないよ？」

「わかってるけどぉ……」

若菜はハンカチをポケットに戻し、再び鼻をかんだ。

目はもう既に腫れぼったいし、メイクも一部剝げている。

その視線に気付いた若菜が、「わたし今ブス？」って訊いてきたので、「めっちゃブス」と答えたら、無言で殴られた。なんでやねん。

まぁあとでメイクは直すだろうけど……、と思って見ていたら、少しは落ち着いたようだ。

若菜は、はあ、と大きく息を吐いたあと、ぼうっと言葉を並べる。

「これでみんなとお別れってのも寂しいんだけど、わたしは由美子が心配なんだよ」

「え？　なにが」

「結局由美子って、渡辺ちゃんがどこの大学に行くかも知らないんでしょ？　最初から最後までドライでさ。友達がそんな関係のままなんて、やっぱり思うところあるよ」

「……んー、まぁ」

由美子はそっと目を逸らす。

若菜の言うとおり、由美子は進学先を訊けないままだった。

ドライというのはそのとおりで、お互いに別れを惜しむような間柄ではない。

それ以上は何も言わない由美子に、若菜はため息を吐く。

「高校も卒業して、ラジオも終わってさ。離れ離れになっちゃうっていうのに、ふたりとも受け入れてさ。それでいいの？　って、傍から見てると思っちゃうよ。この二年間、いろんなことがあったのにさ」

「……あのさ、若菜」

若菜のやさしさはありがたいが、ひとつ訂正すべきことがあった。

「ずっと言おうと思ってたんだけど……」

「？　うん」

「ラジオ、べつに終わんないよ」

由美子の言葉に、若菜は目が点になる。

まじまじと由美子を見つめていたかと思うと、慌てたように声を上げた。

「え⁉　だって！　コーコーセーラジオ終わるの⁉　ってめっちゃ言われてたよ⁉　ラジオだって終わる雰囲気出してたじゃん！」

「終わる雰囲気……、あー、まぁ……、思い出を振り返ってはいたけど……。区切りではあるからね。でも終わるってのは誤解。そういう誤解がないよう、毎回告知をしてたんだけど……。若菜、どうせ最後まで聴いてなかったでしょ」

「う、うん……。お知らせになると、切っちゃった……。辛くなりそうだったし……。告知でほかの仕事の話をされても、よくわかんないし」

そんなところだろうな、とは思っていた。

そもそも、若菜は普段からコーコーセーラジオをちゃんと聴いているわけではない。気まぐれで聴いて、気まぐれで聴くのをやめるくらいのリスナーだ。

途切れ途切れで聴かれてしまうと、そんな誤解が生じるのも仕方ないかもしれない。

実際、告知のコーナーで切っちゃうリスナーもいるらしいし。

「ちゃんと聴いてたらわかると思うんだけど……。あたしら、『終わる』なんて一言も言ってないはずだよ」

番組内では決して口にしていない。あくまで『区切り』という言い方だった。

番組の外では「終わったら」とか「終わっても」など、たらればの話はしたが、コーコーセーラジオが終わるとは言っていない。

しんみりした空気にはなっていただろうが、それは卒業式のせいだ。

卒業することを悲しんでいただけで、ラジオは関係ない。

「そ、そうだっけ……？　で、でも！　三月末まで、って話はしてたじゃん！　『番組から大切なお知らせ』って、そういう意味だって聞いたし！」

「そういうパターンも多いけどさ。実際『終わるの⁉』って言ってた人は、その文言で勘違いしてたっぽいし。単に時間帯と形態が変わるんだよ。今の時間帯ではもうやらないし、リニューアルに近いから区切り、ってこと。だから前々から告知してんの」

そう、『夕陽とやすみのコーコーセーラジオ！』は四月の改編期から番組形態が変わる。

時間も曜日も別の枠に引っ越しするため、『番組から大切なお知らせ』だったわけだ。

それをSNSでも告知した際、既に番組を聴いておらず、その文言だけ見た過去のリスナーが、「あぁ、終わるんだ」と勘違いしてしまった。それが若菜にも伝染している。

由美子たちが高校を卒業するので、区切りとしてもちょうどいいし、せっかくなので番組内で思い出を振り返っていた。

きちんと番組を聴いていたら、誤解は解けるはずだったのだが……。

由美子の答えに、若菜はしばらく絶句していた。

口をパクパクさせたあと、「なんだよぉ～！」とその場にしゃがみこむ。

「もおおおお！　心配して損した！　終わらないじゃん！　終わるって聞いてたから、わたし焦ってたのにぃ～！」

「勘違いで怒られてもなぁ……」

心配してくれるのはありがたいが、今回は無用の長物である。

若菜はげんなりしたように顔を上げて、む～っとした表情でふらふらしていた。

「それじゃ、べつに何も変わらないってことじゃん……」

「んなことないでしょ。高校は卒業するんだし」

反射的に答えて、その言葉の重さにしんみりする。

どうやらちょうど登校してきたようで、千佳が無言で教室に入ってきた。

特に普段と変わらない様子で、服装もいつもの地味子スタイル。

制服を着崩している由美子と若菜はこのあと卒業式のために直すが、きっと千佳はそのまま出て、そのまま帰っていくんだろう。

千佳は自分の席に着くと、面倒そうにスマホを持ち上げる。

ラジオは終わらないが、彼女との学校生活は終わってしまう。

それだけは確かだった。

てっきり、千佳はつまらなそうに座っているものだと思ったが、クラスメイトに話し掛けられていた。写真を撮ろうと誘われ、戸惑っている。

それを見た若菜が、顔をパっと明るくさせた。

「あ、わたしも渡辺ちゃんと撮ろうっと。由美子も行かない？」

若菜の誘いに、由美子は無言で手を振る。

若菜はそれに苦笑いしながら、スマホ片手に千佳の元に向かっていった。

千佳に集まった子たちを見ながら、由美子は思う。

若菜、今メイク崩れてるの忘れてんな。

卒業式は静かなものだった。

寒々しい体育館に三年生と二年生が詰め込まれ、ずらっと並んだ椅子に座っている。

二年生は退屈そうに進行を見つめていた。

ちょうど一年前、自分たちもあそこにいたのが何だか信じられない。

今は卒業証書授与式が行われており、三年生には少しだけ緊張感があった。

ひとりひとり名前を呼ばれ、ゆっくりとステージに向かって歩いていく。

由美子たちは一組なので、呼ばれるのは最初のほうだ。

……あぁ、そういえば。

まだキャラを作ってラジオをやっていた頃、『苗字があ行なので、卒業式は一番目に呼ばれるのが確定で憂鬱です』なんてメールがあったなあ、と思い出す。

あの頃は、卒業式なんて遠い未来のように感じていた。

それを思い出して、ひとり笑いを嚙み殺す。

「佐藤由美子さん」

「はい」

由美子は返事をして、立ち上がる。

前の人と同じようにステージに上がり、卒業証書を恭しく受け取った。
ステージには普段上がらないので、そこからの景色はなかなかに珍しい。
——あぁでも、文化祭の劇で上がったか。
三年間通った場所だけあって、いろんなところに思い出が染みついていた。
つい千佳を見ると、彼女は目を瞑って大人しくしている。
先に証書を受け取った若菜が、ニヤニヤとこちらを見ていた。
ふっと笑ってから、由美子は自分の席に戻っていく。
「渡辺千佳さん」
「はい」
——あぁ。
良い声だ。
結局、由美子は千佳の進学先を訊かなかった。今日も訊くことはないだろう。
それに対して、ずっとそわそわしていたけれど。
わざわざ訊く必要も知る必要も、ない。
そんな些細なこと、確かめる必要はない。
この学校に、いろんな思い出が染みついているように。
由美子の中には、千佳の存在が十分に溶け込んでいる。

それは千佳も同じこと。

どれだけ離れようが、会う回数が減ってしまおうが、繋がりが途切れることは決してない。

お互いがお互いを意識して、存在をこれからも感じ続ける。

だって、自分たちは運命共同体。

今さら離れようと思っても、離れられないくらいに繋がってしまっている。

千佳にそう言われた途端、びっくりするほど腑に落ちた。

納得してしまったのだ。

だから、大丈夫。

もちろん、そんな恥ずかしいことは。

ほかの人には絶対言えないけど。


教室に戻ると、最後のホームルームが始まった。

担任が珍しく感傷的な話をしたため、しんみりした空気になったものの、案外あっさりと解散を告げられる。

「いつまでも学校に残っていないで……、あぁ。まぁ、今日くらいは、いいか。ほどほどにね」という担任の言葉とともに、ホームルームが終了した。

退出しようとする担任をクラスメイトが離さず、「写真撮りましょう、写真！」なんて言い始めるものだから、一気に騒がしくなった。

寂しさを紛らわせるように、教室の中は明るい喧騒に包まれる。

こうなっては、いつまで経っても解散なんてしないだろう。思い出に触れるように、浸るように、学校に留まり続けるのが目に見えていた。

もちろん、由美子は大歓迎である。

早速、若菜たちに「由美子！　写真写真！」と声を掛けられて、腰を浮かせるものの。

視界の端で気になる動きをする奴がいて、由美子は「先にやってて」と若菜たちに告げた。

すぐに彼女を追う。

廊下に出ると、教室に比べて随分と静かだった。

冷え切った空気の廊下を歩くのは、たったひとり。

卒業式なのに、ノータイムで帰宅するのは彼女くらいのものだ。

「渡辺！」

千佳の名前を呼ぶ。

彼女は髪を揺らしながら、こちらを振り向いた。

面倒くさそうな目を向けてくる。

「なに」

「今日、クラスのみんなで遊びに行くって話、したでしょ。なんで帰んの」

「あぁ。あなたには言い忘れていたけど、川岸さんには伝えておいたわ。あれは断ったの」

あっさりと言われてしまう。

彼女らしいと言えば彼女らしいが、あまりにらしすぎやしないか。

強引に引っ張るくらいしたほうがいいのかなあ、と考えていると、千佳が肩を竦めた。

「先約があったのを忘れていたの。卒業式だからお祝いにご飯を食べに行きましょう、ってお母さんから。行きたいわけじゃないけど、たまには親孝行しないとね」

その言い草には笑ってしまうが、その話自体は心が温かくなる。

もうすぐ千佳は家を出て行くし、千佳の母も寂しいのかもしれない。

意味もなく断ったわけではなく、先約があるのなら仕方なかった。

ただ。

「ママさんも、卒業式当日に誘わなくても。クラスの集まりがあるって考えなかったのかな」

「誘ってくる友達なんて、いないと思ってるだろうから。まぁ事実ではあるわね」

失笑してしまう。

由美子はともかく、若菜はちゃんと友達として認めているだろうに。

ここで千佳と別れるのは寂しい気もしたが、まぁ自分はいつでも会える。

ほかの子はちょっと気の毒だけど。

あと木村が、写真撮ってもらいたがっていたけど……、それもしょうがないか。

由美子は軽く手を挙げて、いつもと変わらぬ挨拶を投げ掛けた。

「ん。じゃあね、渡辺」

「ええ。それじゃ」

千佳は躊躇いなく、踵を返してしまう。

静かな廊下を、たったひとりでカツカツと歩いていった。

由美子も教室に戻ろうとして——、ふっと思い付く。

遠くなった千佳の背中に、声を浴びせた。

「——夕暮夕陽はかわいいよー！　だから見た目も売りになるけど、それの何が悪いの？　言っておくけど、夕暮夕陽は見た目だけじゃないから。演技だって歌だって一級品だから——！」

「…………………………」

千佳の足が、ぴたりと止まった。

かつての、最悪の出会いを思い出す。

木村が持ってきた夕暮夕陽の下敷きに、若菜がカフェラテをこぼし、千佳の上靴まで汚してしまったあの事件。

お互い声優であることを知らない由美子と千佳は、それが原因で言い争いをした。

由美子は目の前にいるのがあの夕暮夕陽だとは知らず、本人を褒めちぎってしまったのだ。

あのときと同じように、千佳は顔を真っ赤にして振り返った。

「だっ……、あ、あなたね……、ぐ、ぐぐ……、なんで、そんな恥ずかしいことを、今さら……っ、あ、あなたの、そういうところ、本当に嫌い……っ！」

千佳が悔しそうに指を差してくるものだから、由美子はにひっと笑ってしまう。

千佳はしばらく赤い顔で由美子を睨んでいたが、やがて肩の力を抜いた。

小さく笑みを浮かべて、静かに答える。

「アホらしい。口では何とでも言えるわ。付き合いきれない」

あのときと同じ言葉を、由美子に渡した。

だけど今回は立ち去らずに、そっと肩を竦める。

これでいいんでしょ、とでも言いたげに。

しばらく、お互いに見つめ合う。

あのとき、あんなふうに煽り合っていなかったら。

最初から、声優同士で出会っていたら。

今頃どうなっていたんだろう。

もしかしたら、あの最悪の出会いさえなければ、意外と仲良くなっていたのかな？

やっちゃんユウちゃんみたいに、運命だね！　なんて言い合いながら。

そんなことをふっと考え、すぐに打ち消した。

今とは違う関係なんて上手く想像できないし、する必要もない。
それに、今の関係は由美子にとって――。
……うん。
今、思えば。
あのときは最悪で最低の出会いだと思っていたけど。
案外、そんなことはなかったのかもしれない。
そう考えた瞬間、由美子は自然と口を開いていた。
「じゃあね、渡辺。あんたとの学校生活、案外悪くなかったよ」
「あぁそう。わたしはとても不愉快だったわ。二度とごめんよ」
いつもどおり可愛くないことを言い残し、彼女は再び踵を返す。
最後まで憎まれ口を叩く千佳に、由美子は思わず笑みをこぼした。
そうでなくちゃな。
渡辺千佳は、そうでなくちゃ。
由美子は彼女の背中を見送ってから、はあっと息を吐いた。
腰に手を当てて、天井を見上げる。
楽しかったな。
うん、楽しかった。

「由美子ー！　写真撮ろうよー！　早く早くー！」

「はいはーい、今行くって」

若菜が教室の窓から顔を出し、手招きをしている。

由美子は返事をしてから、今度こそ千佳に背中を向けた。

力強く、廊下を歩いていく。

お互い背中を向けて振り返ることもなく、千佳は角を曲がり、由美子は教室に入っていく。

廊下にはだれもいなくなり、教室の喧騒が少し漏れるだけで、すぐに静かになった。

そのまま忘れられたかのように、しばらくだれも廊下に姿を現さなかった。

――人間、どうしたって合わない相手はいるものだ。

そりが合わない。気に喰わない。相容れない。見ているだけで腹が立つ。

プライベートなら近付かなければいいけれど、仕事となるとそうはいかない。

ましてやそれが、ラジオのパーソナリティ同士なら。

合わない相手であっても、それをリスナーに気付かれてはいけない。

そんな相性の悪い相手と、ラジオ番組をやっていくとして。

果たして、どこまで耐えられるものでしょうか――。

そして、四月。

大学の入学式がやってきた。

大学の合格発表では、由美子と若菜は無事に合格を果たし、笑いながら抱き合ったのも少し前の話。

その感傷はすっかり過去のものになり、由美子たちは大学入学のドキドキを味わっている。

入学式は学校内で行われると思っていたのだが、実施場所はイベントホールだった。その時点で、小中高との違いに驚いてしまう。

学校行事というより、イベントみたいだ。

仕事のスイッチが入ってしまいそう。

これで集っている新入生がスーツ姿でなければ、その感覚はより強かったかもしれない。

たくさんのスーツがひしめく会場内を歩いていると、聞き慣れた声が飛んできた。

「お～い、由美子～」

若菜がパタパタと手を振りながら、こちらに寄ってきた。

手を振り返してお互いに駆け寄り、同時にふはっと笑う。

「わはは、若菜スーツだ。変な感じ」

「いや、ほんと。一ヶ月前は制服だったのになあ」

お互いに黒に染まったスーツを着込み、ピシッとした姿をしていた。

以前のように着崩したり、アクセサリーを揺らすこともない。

まぁ真面目なのは今日くらいで、大学ならむしろ今まで以上にオシャレに走るだろうが。髪はちゃんとセットしているし、由美子も若菜もそこはいつもどおり。

「あ、ママ。久しぶり～」

若菜がにこやかに手を振った相手は、後ろにいた由美子の母。

母も今日は普段着ないような、フォーマルワンピースを着込んでいた。

久しぶりって、この前家に来たばっかだろ、と由美子は思ったが、母は特にツッコミを入れることなく、久しぶり～、と返している。

「ふたりとも、いっしょに合格できてよかったねえ。ママ、ほっとしたわ」

「わたしも～。由美子だけ落ちてたら、気まずくてもう家に行けないところだったよ」

「嫌な想像をするんじゃないよ」

由美子がジトっとした目を向けると、若菜はくすぐったそうに笑う。

保護者の席に向かう母を見送り、若菜と由美子は会場内を進んだ。

横並びで廊下を歩きながら、若菜は朗らかに口を開く。

「いやあ、大学生が始まるって感じ。ドキドキするねぇ。楽しみ」

「そうね。大学生活ってどんな感じになんのかな～」

新生活に胸を躍らせながら、隣に親友がいることに安心感を覚える。

変わっていくものもあるが、こうして変わらないものもある。

もちろん、後ろ髪を引かれることもあった。

千佳とは離れ離れになってしまったし、当たり前のように会う日々は二度と来ない。

週一のラジオ収録で顔を合わせても、以前とは会う頻度が激減している。

たとえ一切言葉を交わさなくても、そこにいるのが普通、という環境は特別なものだった。

代えがたい日々だったな、と今なら思う。

あの場所で笑い合った気の合う仲間たちとも、疎遠になっていくかもしれない。

みんなみんな、それぞれの道を歩んでいる。

でも、まぁ。

千佳だけは、どうせ離れたって平気だから。

それでいいんだ。

「ん？　どしたん、由美子」

「いや。なんでも」

笑って答えて、由美子は顔を前に向けた。

そろそろ、入学式が始まる。

みんなホール内に向かっているのか、同じ方向に進む人が大半だった。

その中をひとり、こちらに向かって歩く人物がいた。

きっとトイレか何かだろうし、それほど不自然でもない。

彼女は人の間をするりと抜けて、同じように由美子ともすれ違って。

お互い、何事もなく背中を向けて――。

その瞬間、由美子の頭に夜の光景がフラッシュバックした。

高校二年生の春。

『にゃんこ部！』の収録が終わり、夜の街を歩いていたとき。

オフィス街で制服姿の彼女とすれ違い、まだ『夕暮夕陽』だと知らなかったから、「何してんだろ」と思いながらも、何も言わなかった、あの夜。

あのときと同じように、由美子は足を止めて振り返った。

当時、彼女はそのまま駅に向かって歩いていったけれど――、今回は立ち止まった。

そして、はっとした様子で振り返る。

バチっと、目が合った。

お互いに目を見開き、視線を交える。

信じられないものを見たかのように、細い声が重なった。

「……佐藤？」

「わたな、べ……？」

そこにいたのは黒いスーツに身を包み、長い前髪を垂らす――、渡辺千佳だった。

立派なスーツに反して、普段どおりの髪型がやけにアンバランスだ。

背も低いし、あまり似合っているとは言い難い。

見慣れないスーツ姿だったからか、瞬時に反応できなかった。

それはあっちも同じだったらしい。

わけもわからず、同時に声を荒らげる。

「な、なんであんたがここにいんのッ!?」

「そ、それはこっちのセリフよ。なんで、なんであなたがここにいるの」

互いに指を差し、ぽかんとした顔になる。

由美子と千佳はその場に固まっていたが、そばにいた若菜だけがニヨニヨと笑っていた。

唯一状況を把握しているだろう若菜が、歌うように言う。

「あぁやっぱ、ふたりとも知らなかった？　だよねぇ、由美子も渡辺ちゃんも訊かなかったっぽいし。ここでネタバラシ。そう、由美子も渡辺ちゃんも、実は同じ大学だったのでした～」

種明かしをするように、いたずらっぽい笑顔で若菜は手を広げる。

その発言にしばし呆然とした。

由美子は我に返ると、すぐに若菜へ詰め寄る。

「な、なにそれ……。若菜、知ってたの……？　知ってたのに黙ってたの？」

「わたしは渡辺ちゃんから聞いてたからね。由美子にも言ったはずだよ。気になるなら、本人に訊いてみれば、って。なのに、結局最後まで訊かなかったのは由美子だよ？」

それは、そうだ。

若菜には何度か水を向けられているし、意地を張って訊かなかったのは由美子のほうだ。

若菜が進路を知りながらも、「離れ離れになってもいいの？」という言い回しをしたのも、由美子の危機感を煽るためと、進路を訊くことさえできない関係を心配したからだろう。

ここで若菜を責めるのはお門違い。

それは、重々承知しているけど。

それにしたって、これは。

あそこまでいろいろと覚悟したのは、なんだったんだ。

思わず、由美子は千佳を再び指差す。

だって。

つまり、つまりそれは。

「あ、あんたはあたしと同じ大学で、これから四年間いっしょってこと……？」

「……高校どころか、大学も同じで……、ラジオもいっしょにやっていくの……？」

その意味を理解して、ふたりの口が大きく開く。

「はぁぁぁぁぁ――――ッ⁉」

そんな大絶叫が響き渡った。

「夕陽と」

「やすみのー」

「コーコーセーラジオー」

「おはようございます、夕暮夕陽です」

「おはようございまーす、歌種やすみです」

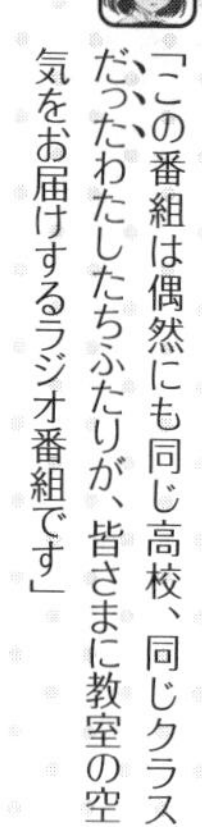

「この番組は偶然にも同じ高校、同じクラスだったわたしたちふたりが、皆さまに教室の空気をお届けするラジオ番組です」

「お、挨拶文ちょっと変わってる」

「本当にちょっとだけれどね。でも、同じ文言を百回以上繰り返していたから、少し気持ち悪いわ。収録の時間と曜日も変わっているし、なんだか変な感じ」

「まぁすぐに慣れるっしょ。はい、ということで『夕陽とやすみのコーコーセーラジオ！』第108回が新体制で始まりました。みんな〜、見えてる〜？」

「えー、以前からの告知どおり、配信時間と曜日の変更があり……。そして、こうして観てる方はわかると思うのですが、映像付き配信になりました」

（ふたりとも、無言で手を振る）

「いやさぁ、映像付きはいいよ。喜んでくれた人もいっぱいいたし。でもこれ、これ観て。衣装。コーコーセーラジオってことで、あたしら制服着せられてんの。卒業したばっかなのに」

「しかもこれ、わたしたちの高校の制服にそっくりなのよね……。同じものを持っ

てきたのかと疑ったもの……。高校生に戻ったようだわ。やすもいるから、学校帰りにそのまま収録に来たみたい……」

「ここまで元の制服に寄せることある？　あたしらの高校バレてるからって、やりたい放題すぎでしょ。そんで、このラジオめっちゃ続いたらどうなるの？　あたしら、ずっと制服姿？」

「それは今さらなんじゃない？　声優って、なぜかいつまで経っても制服を着せられるから」

「まぁ……、それは確かに……。少なくとも、あと十年くらいは余裕で着るだろうね……。ならまぁ、心配してもしょうがないか……」

「一応ね、制作側でコンセプトを一新する話も出ていたのよ。わたしたちが卒業するのは事実だし、高校生じゃなくなるから区切ろうかって。形態が変わるのも大きかったし」

「『キャンパスラジオ！』とか『ダイガクセーラジオ！』とかね。いっそもう、『夕陽とやすみのラジオ！』でいく案もあったらしいんだけど……」

「ラジオのジンクスで、『タイトルを変えると、番組が終わる』ってものがあるらしくて……」

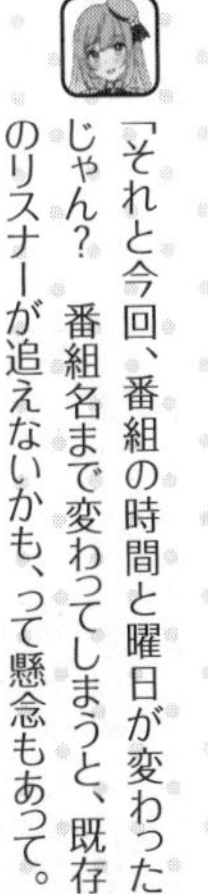

「それと今回、番組の時間と曜日が変わったじゃん？　番組名まで変わってしまうと、既存のリスナーが追えないかも、って懸念もあって。なので、見送りになりました」

「まぁ、ここで変にタイトルを変えても、言うとき気持ち悪いしね。わたしはそのままのほうがよかったから、ほっとしたわ」

「そうねー。あたしもなんだかんだで愛着あるかも。というわけで、このまま続けまーす」

Next Page!

NOW ON AIR!! 第108回

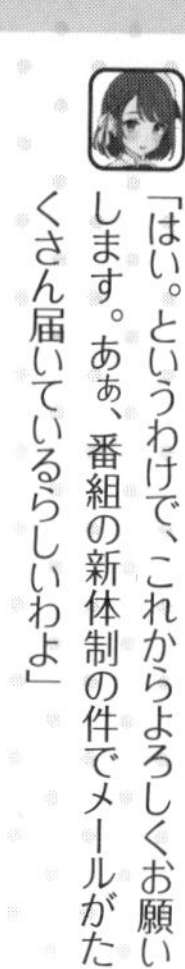

「はい。というわけで、これからよろしくお願いします。あぁ、番組の新体制の件でメールがたくさん届いているらしいわよ」

「じゃあいっぱい読まないとね。そんなところで、オープニング終わるか。今日もみんなで、楽しい休み時間を過ごしましょー」

「放課後まで、席を立たないでくださいね。……ここは変わらないのね」

「はい、では早速メールを一通。〝不自由なA子さん〟から頂きました。『夕姫、やすやす、おはようございます』。はい、おはようございます」

「おはようございまーす」

「『新体制での配信、一回目ですね。映像付きということで、とても楽しみにしていました。話は変わりますが、夕姫とやすやすが同じ大学ということにびっくりです』」

「早……。もうそこに触れるの……？」

「A子さん、相変わらず耳が早いわね……。『高校だけじゃなく、大学までいっしょだなんて。もうふたりとも、運命の相手って感じですね（笑）』」

「なにわろとんねん」

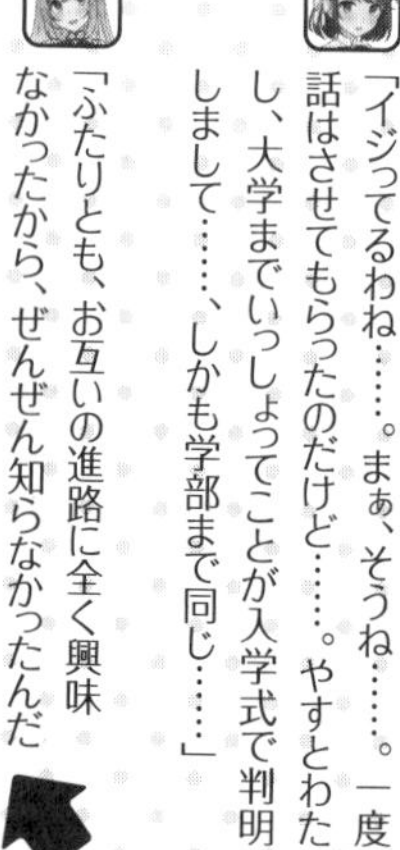

「イジってるわね……。まぁ、そうね……。一度、話はさせてもらったのだけど……。やすとわたし、大学までいっしょってことが入学式で判明しまして……、しかも学部まで同じ……」

「ふたりとも、お互いの進路に全く興味なかったから、ぜんぜん知らなかったんだ

夕陽とやすみのコーコーセーラジオ！

よね……。びっくりしたよ、見慣れた根暗顔が入学式にあるんだから」

「わたしはしばらく気付かなかったわ。高校ではイキり倒していたあなたが、真面目なスーツ姿でいるから。緊張でいつものお猿さん節も出ていなかったし」

「は？　そういうあんたこそ、黒いスーツに溶け込んでいたけどね？　忍者通り越して、あれはもう影よ。気配どころか質量も失くしてるんだから、さすがすぎるわ」

「出た出た、お得意のマウントが出たわ。キャッキャするのやめてくれる？　大学はあなたみたいな人種が増えると言うけれど、これ以上やかましくしないでほしいわ」

「あんたみたいな人種も増えるって言うけどねぇ？　大学ではそのぼっち力を遺憾なく発揮すればいいよ。大丈夫？　ちゃんと出席取ってもらえる？　存在感なさすぎるけど！」

「出たわ！　あなたのそういうところ、本当に嫌い——！　……え、なんですか、朝加さん」

「今日はいっぱいメールがあるから、次読んで？あと、一発目なのにいくら何でもいつもと同じすぎる？　注文多いな、朝加ちゃん」

「確かに映像付きになりはしましたけど、いつもどおりなのはむしろ望まれることでは？」

「そうだそうだ。好きにやらせろー……、ってやべ。今日、加賀崎さん来てるわ。真面目にやろ。次のメール！　ラジオネーム、〝おっさん顔の大学生〟さん。こいつ、大学生になってもいっつも送ってきてんな……。えー、『夕姫、やすやす、おはようございます——』」

to be continued!!!!

由美子はひとり、夜の街を歩いていた。

三月に入って暖かくなってきたとはいえ、陽が落ちるとまだまだ肌寒い。

仕事帰りなので、だいぶ遅くなってしまった。

まばらになった人の間を抜けて、由美子は事務所を目指して歩いていく。

事務所は普段、それなりに人がいるのに、今日はがらんとしていた。

だれもいないのできょろきょろしていると、奥から声を掛けられる。

「悪い、由美子。吸い終わったらすぐ行くから、会議室で待っていてくれ」

「うーい」

どうやら、加賀崎は喫煙室で一服していたようだ。

加賀崎の凜とした声に返事してから、由美子はいつもの会議室に入っていく。

定位置に腰を下ろし、さて、と思考を巡らせた。

加賀崎に、「いつでもいいから、事務所に来てくれるか」と連絡をもらってから今日に至るまで、呼び出された理由は伝えられていない。

尋ねても、直接言う、と言われて取り付く島がなかった。

そういう言い方なので、怒られる内容ではないと思う。

たぶん。

「お待たせ。悪かったな、呼び出して」

しばらく待つと、加賀崎はコーヒーカップを両手に持って、会議室に入ってきた。

お礼を言って、由美子は温かいコーヒーに口を付ける。

思った以上に身体は冷えていたようで、ほっとした。

「あ、由美子。言うの忘れてた。高校卒業、おめでとう」

「わはは。ありがと。なんか、加賀崎さんに言われると変な感じ」

「そうか？　まぁあたしも変な感じだな。中学生だった由美子が、もう大学生か――」

静かな事務所内で、どうでもいい話をぽつりぽつりとする。

加賀崎との雑談は楽しいけれど、この状況で続けていると疑問が頭をもたげる。

「ええと、加賀崎さん。それで、なんで今日は事務所に？」

我慢できずに、呼び出しの理由を尋ねる。

加賀崎はすぐには答えず、鼻の頭を掻いた。

そうしてから、ゆっくりと卓上に封筒を差し出す。

「オーディションの話なんだがな」

十中八九そうだろうな、とは思っていた。

彼女が封筒を持っていたことには、気付いていたから。

オーディションの話をする際、事務所に呼び出されるのは珍しいことではない。

資料の受け渡しやほかにも連絡事項があった際、来てくれ、と言われて赴いたことはある。

けれど、普段とは違う空気感に怪訝な顔をしてしまった。

加賀崎は由美子の顔を見ずに、封筒に目を落としている。

「由美子。由美子は今年、何年目だ」

「え？　四年……、あ、いや、違う。今年か。四月から五年目に入るね」

「早いもんだな」

加賀崎はふっと笑う。

そう言われると、声優になってからはあっという間だったように感じた。

中学で養成所に入れてもらい、デビューし、高校生活を駆け抜け、もうすぐ大学生。

本当にいろんなことがあった。

特に千佳と出会ってからの二年間は、劇的だったように思う。

そのすべてを見守ってくれたのが、目の前にいる加賀崎りんごだった。

「出会った頃に比べて、由美子は随分と成長したと思うよ。考え方もずっと大人になったし、自分で決めたことも多い。よく考えてる。それは、演技にも影響してると思うんだ」

「……………」

「前も言ったけど、『マオウノユウタイ』はただラッキーだっただけじゃない。チャンスを摑める地力がついたからこそ、手に入った幸運だ。演技の幅も広くなって、時折周りを驚かせるほどの演技力を身に付けて。〝歌種やすみ〟はしっかりと育っている」

加賀崎の言葉は、何かを確かめているようだった。

褒められるのは嬉しいけれど、なぜそんなことを言われるかわからない。

戸惑ってしまう。

加賀崎は封筒に手を置いて、ようやく顔を上げた。

彼女の切れ長の瞳が、由美子の視線と合わさる。

加賀崎は封筒を持ち上げて、静かにこう続けた。

「そろそろ挑戦してみよう。由美子。これは次のシーズンの――、『魔法使いプリティア』のオーディション資料だ」

その言葉の意味がわからず、由美子の頭は真っ白になった。

加賀崎の顔を見つめたまま、動けなくなる。

「え」

ようやく出てきたのは、短い声ただひとつ。

それを受けながら、加賀崎ははっきりと言う。

「獲りに行くぞ、由美子の夢を」

あとがき

お久しぶりです、二月公です。

『声優ラジオのウラオモテ』の第一巻は2020年の2月に発売されました。

その前後で私は、受賞やピクミタイアップ、発売に関するあれこれで様々な体験をさせて頂いて夢のようだったんですが、間もなく生活が激変してしまいます。

新型コロナウイルスの流行ですね。

ただ、当時の私は会社と原稿に翻弄されていて、外出自粛の苦しみはそれほどありませんでした。声優イベントやライブがなくなったのは非常に残念でしたが、友人たちとはよくボイスチャットで話していましたし、「まぁそのうち終わるやろ」くらいで。

けれど、声優ラジオに変化が出たのは、ギャー！　って感じでした。

緊急事態宣言中はラジオ自体がなくなったり、総集編になったり、リモート収録になったり。通常どおり放送している番組が珍しいくらいでした。

こ～～～れが、一番ダメージありました。日常がわかりやすく崩壊したというか……。

リモートも最初は新鮮味がありましたが、やっぱりスタジオ収録とはぜんぜん違って……。

普段抜群に息が合っている方々でも、若干のすれ違いを起こしているのが辛かったです。

スタジオにはアクリル板があるのが当たり前になり、接触は厳禁。

一時期はこの小説でブースの描写をする際、「アクリル板が——」と書きそうになって、「いやいや」と消すこともありました。

そんな期間が長かったので、アクリル板がなくなったラジオ風景は本当に嬉しかったです。

今ではライブやイベントも普通に行われ、声出しも当たり前になりました。嬉しい！

まだまだ油断ができないとはいえ、本当に楽しい日々を送っています。楽しい！


そんな思い出話ができるくらいに、この作品が続いていることに感謝しかありません。

これも、応援してくださる皆様のおかげです！　いつもありがとうございます！

そして、いつも素敵なイラストを描いてくださるさばみぞれさん。

今回の由美子の表紙も大変素敵でした！　表情がよすぎる……！　それと、カラーであの四人が並ぶ姿が見られたのもとっても嬉しかったです……！　みんなかわいい！

そして皆様、テレビアニメは観て頂いているでしょうか。

このあとがきを書いている頃は、まだアニメが始まったばかり。

たくさんの人に観て頂けるといいな〜……、と思っております。

テレビアニメ化をしてから、本当に様々な施策を行って頂いており、私はふわふわした日々を送っています……。いや……、幸せですね……、本当……。

◉二月　公著作リスト

「声優ラジオのウラオモテ　#01　夕陽とやすみは隠しきれない？」（電撃文庫）
「声優ラジオのウラオモテ　#02　夕陽とやすみは諦めきれない？」（同）
「声優ラジオのウラオモテ　#03　夕陽とやすみは突き抜けたい？」（同）
「声優ラジオのウラオモテ　#04　夕陽とやすみは力になりたい？」（同）
「声優ラジオのウラオモテ　#05　夕陽とやすみは大人になれない？」（同）
「声優ラジオのウラオモテ　#06　夕陽とやすみは大きくなりたい？」（同）
「声優ラジオのウラオモテ　#07　柚日咲めくるは隠しきれない？」（同）
「声優ラジオのウラオモテ　#08　夕陽とやすみは負けられない？」（同）
「声優ラジオのウラオモテ　#09　夕陽とやすみは楽しみたい？」（同）
「声優ラジオのウラオモテ　#10　夕陽とやすみは認められたい？」（同）
「声優ラジオのウラオモテ　#11　夕陽とやすみは一緒にいられない？」（同）
「声優ラジオのウラオモテ　DJCD」（同）

本書に対するご意見、ご感想をお寄せください。

ファンレターあて先
〒 102-8177　東京都千代田区富士見 2-13-3
電撃文庫編集部
「二月 公先生」係
「さばみぞれ先生」係

本書は書き下ろしです。

電撃文庫

声優ラジオのウラオモテ

#11 夕陽とやすみは一緒にいられない？

二月 公

2024年6月10日　初版発行

発行者　山下直久
発行　株式会社KADOKAWA
〒102-8177　東京都千代田区富士見2-13-3
0570-002-301（ナビダイヤル）
装丁者　荻窪裕司（META＋MANIERA）
印刷　株式会社暁印刷
製本　株式会社暁印刷

ISBN978-4-04-915597-6　C0193　Printed in Japan

電撃文庫　https://dengekibunko.jp/